Erika Wimmer
Im Winter taut das Herz

Erika Wimmer

Im Winter taut das Herz

Roman

Deuticke

Eines hätte niemals geschehen dürfen, damals, und doch hätte sie es nie ungeschehen machen wollen, gerade das nicht, sagte sie. Wir verbrachten einige Tage zusammen am See, die Kleine spielte friedlich am Wasser, und wir lagen in unseren Liegestühlen, genossen die Sonne und den Blick auf die blühenden Sträucher am Ufer. Wir saßen da wie schon oft zuvor, und plötzlich sagte sie, ich werde dir alles erzählen. Ich hatte lange auf diesen Moment gewartet. Warum, hatte ich vor Jahren gefragt, und ein Nicken, aber keine Antwort erhalten. Ich ließ ihr die Zeit, den Anfang zu finden, irgendwann war es dann soweit, sie war bereit. Sie breitete die Geschichte Stück für Stück vor mir aus, und ich folgte den Bewegungen ihres Lebens, bis ich mehr und mehr selbst zu ihrem Schritt, ihrer Gangart wurde. Immer wieder kam sie auf das Thema zurück, spannte den Bogen jedes Mal ein wenig weiter, setzte eins dazu und ein anderes daneben, darauf. Sie ließ mich an ihren inneren Regungen Anteil nehmen, ich hatte es mir ja gewünscht. Nur Gründe konnte sie nicht angeben, nicht immer. Nicht da, wo ich die brennendsten Fragen hatte, etwa wissen wollte, warum sie meinen Vater verlassen hatte, um mit Bert, ausgerechnet mit Bert, zu leben. Warum sie ihren Mann verlassen hatte, vor welchem Hintergrund, mit welcher Hoffnung. Auch, warum sie uns Kinder später verlassen hatte, ohne Erklärung. Wir waren schon erwachsen, hatten jede das eigene Leben zu leben begonnen. Wir schienen sie nicht mehr zu brauchen und brauchten sie doch. Sie konnte sagen, was sie veranlaßt hatte zu gehen, doch sie konnte nicht erklären, warum sie es ohne ein Wort tat, tun mußte.

Das Leben meiner Mutter ließ sich, beginnend mit dem Tag am See, Stück für Stück nachzeichnen, die einzelnen Fragmente und Episoden, die Entscheidungen und ihre Folgen setzten sich allmählich nahtlos zusammen, nur Begründungen blieben aus. So ist sie auch jetzt, ohne Erklärung, ein weiteres Mal fortgegangen. Zuvor gab sie mir die Briefe und Karten. Wenn du sie magst, sagte sie, doch erwarte dir nicht zuviel davon, was ich nicht wußte, konnte ich nicht sagen, nicht aufschreiben, und was du am drängendsten wissen willst, steht nicht da, es ist nicht für dich.

Ich sehe meine kleine Tochter vor mir jeden Tag, ich sehe mich und meine Schwester Karla in der Erinnerung und in den seltenen gegenwärtigen Begegnungen, jede mit ihrem Leben beschäftigt. Karla ist an den alten Geschichten nicht interessiert, bei aller Liebe nicht, so sagt sie das, wann immer ich sie darauf anspreche. Ich sehe die Mutter vor mir, lebendig und scharf, als wäre sie da, neben mir, immer noch. Ich sehe ihre Mutter, meine Großmutter, die Urgroßmutter Magdas, meiner Tochter. Die Großmutter, Urgroßmutter lebt nicht mehr. Ihre Tochter, meine Mutter, aber lebt, und eines Tages wird Magda erfahren, wo. Magda wird sich später vielleicht aufmachen und es herausfinden, sie besuchen, um ihr Fragen zu stellen oder um bei ihr zu sein, wenn sie stirbt. Weil sie noch nicht genug weiß und die Großmutter nicht freigeben kann, während ich die Mutter freigebe, weil ich alles weiß und, obwohl ich die Begründungen nicht habe, begreife, warum. Weil eine Mutter ein Leben hat ohne Kind.

Während sie ihre Erzählung in einem gemessenen Ton begann, als habe sie sich lange darauf vorbereitet und ein imaginäres Skript vor sich, das sie nur langsam vorzulesen brauchte, beobachtete ich ihre Körperhaltung und ihren Ausdruck. Sie sah entspannt und doch zugleich konzentriert aus, ihre nackten Füße schabten spielerisch auf den glatten Ufersteinen hin und her, als denke sie über gar nichts nach, als läge sie einfach da und genieße die milde Nachmittagssonne. Ihr Gesichtsausdruck aber war angespannt, in einen Hauch von Strenge gehüllt. Bedächtig schnitt sie Sätze und Wörter zurecht, als dürften sie nicht ungefähr daherkommen, als müßten sie auf das richtige Maß gebracht werden.

Mutters Haar war schon früh ergraut, und doch war ihre Erscheinung nicht die einer alternden Frau, sie hatte noch immer etwas betont Jugendliches, fast Kindliches an sich. Unzählige kleine Falten waren um ihre Augen, wie feine Risse zogen sie sich über die untere Wangenpartie und den Hals bis hinter die Ohren, die Haut an Stirn und Schläfen aber war glatt wie die eines jungen Mädchens. Ihre Gestalt war klein, die kräftigen Glieder von einer leicht gesprenkelten, aber immer noch straffen Haut umspannt. Etwas Bedächtiges, beinahe Schwerfälliges ging von diesem Körper aus, von dem ich andererseits wußte, daß er laufen und springen konnte, wenn die Situation es erforderte. Seit ich denken konnte, war Mutters Körper eine Mischung aus Knospe und reifer Frucht, und so war auch ihr Charakter. Sie konnte müde und abgearbeitet wirken und doch, etwa im Gespräch, Frische und Unbekümmertheit verbreiten. Sie konnte einen Ausbruch von Heiterkeit abrupt beenden und für Minuten in düstere Grübelei verfallen, um nach kurzer Zeit wieder zu trällern oder zu kichern wie ein junges Mädchen. Immer schon war sie widersprüchlich gewesen. Und auch jetzt hatte sie sich, bei allem Ernst, doch eine Tür offengelassen; ein kleines verschmitztes Lächeln blitzte durch diese Tür herein und tauchte ihre Sätze und Wörter in ein Licht von Beiläufigkeit.

Sie habe den Eindruck gewonnen, alles sei bloß Verzahnung, vielleicht sogar Vermischung des einen mit dem anderen, die Dinge seien am Ende womöglich austauschbar, sagte sie. Es gäbe nichts, was allein für sich stehe oder als solches zu erkennen wäre, das Eigene sei dem der anderen zum Verwechseln ähnlich, oft sei es sogar deckungsgleich. Darüber könnten auch die in ihrem Verlauf unterschiedlichen

Geschichten nicht hinwegtäuschen. Bestenfalls könne man von Leinwandprojektionen sprechen, von Lichtreflexen auf einer blanken, glatten und weißen Fläche; sie bewegten sich nach Vorgaben, nach einfachen Schablonen – immergleiche Muster, zusammengesetzt aus drei, vier Grundelementen. Die Schablonen seien wohl auf unterschiedliche Art auffüllbar, dem Ausmalen eines vorgedruckten Malbuches gleich, letztlich seien sie aber allgemeingültig und von jedem, überall und zu jeder Zeit, begreifbar.

Ein paarmal holte sie aus, erst nach einigen Umwegen kam sie zum Eigentlichen, zu ihren persönlichen Erfahrungen. Wie ein Adler kreiste sie in großen Schleifen zunächst über das gesamte Bergmassiv, als wolle sie den Überblick bewahren und mir den einzelnen Felsen, auf dem sie wohnte, im größeren Zusammenhang vorführen. Sie hatte es nicht eilig, näherte sich dennoch zielgerichtet dem, was geschehen war, bevor und nachdem sie sich vor einigen Jahren ohne eine Erklärung aufgemacht hatte, um wie eine Eremitin zu leben. Man sah ihr an, daß sie die weiten Kreise und Schleifen für wichtig hielt, vielleicht weil es darin ein Ergebnis für mich zu entdecken gab. Vielleicht wollte sie durch die Betrachtung eines größeren Zusammenhangs aber auch bloß dem Kleinen, ihrem Felsen, ihrem Platz die Einzigartigkeit und damit das Scharfe und Kantige, das Erschreckende und Bittere nehmen. Ich glaubte zu spüren, daß sich Mutter zwar ihrer Sache, aber nicht meiner Einschätzung sicher war. Das war wohl der Grund dafür, warum sie Jahre gewartet hatte, um mir die ganze Geschichte zu erzählen und damit die Ungewißheit zu nehmen.

Das Ferienhaus am See gehörte Mutters Freundin Gerda, die es den ganzen Sommer hindurch bewohnte, aber sonst kaum benutzte. Seit einigen Jahren verbrachten wir im Frühling eine gemeinsame Woche dort, nur sie und ich und Magda. Diese Gewohnheit brachte uns die nötige Erwärmung nach einem langen Winter und Zeit für die Gespräche, die während des Jahres abgebrochen oder aufgeschoben worden waren. In diesen Frühlingstagen ergab sich eine besondere Nähe, eine Art Gleichklang, wie von selbst, was wir beide zu schätzen wußten. Auf bestimmte Fragen hatte Mutter mir aber trotz allem nie eine Antwort geben wollen, sie hatte dazu entweder einfach geschwiegen oder mich auf ein andermal vertröstet. Wir pflegten unsere Zweisamkeit für eine Woche, dann kehrten wir wieder in unseren gewohnten Alltag zurück. Dieses Mal ist es anders, ihre Geschichte mischt sich in meinen Alltag, nichts ist so wie zuvor.

Auf ihren Zug aufzuspringen und ein Stück weit mitzufahren, ist mein Versuch. Indem ich ihrem Leben näher rücke, schaue ich aus einer neuen Warte auf mich selbst. Mutter und ich, wir sind uns tatsächlich ähnlich. Ihr Rhythmus ist mir vertraut. Seit ich denken kann, gehe ich so rasch und so langsam wie sie. Ich weiß, wann sie innehält, ich kenne den Moment, in dem sie losrennt, ich weiß Bescheid über die Gründe, die sie gefangenhalten. Seit sie mich auf ihren Armen getragen hat, kenne ich die Art ihres Gehens genau. Und ich muß nur ihr Gesicht betrachten, um zu wissen, was sie fühlt. Ich fahre ihren Zug und beobachte, wann ich innehalte, losrenne, gefangen bin.

Wäre ich Karla, so verhielte sich die Sache kaum anders, obwohl alles danach aussieht, als wäre Karla nicht nach Mutter geraten. Karla steht auf, wenn Mutter sitzen bleibt, sie läuft nervös hin und her, weil Mutter sich nicht bewegt. Andersherum kann Karla unvermutet langsam werden, sie tut es dann, wenn Mutter sich beeilt. Karla bemüht sich um das Gegenteil und bleibt damit an Mutter hängen. Ich weise meine Schwester darauf hin, sie protestiert. Und während ich mich weiter bei Mutter einhake, wächst mein Einverständnis, ich finde es selbstverständlich, nicht sonderbar.

Der springende Punkt liegt tatsächlich darin, daß sie ein Leben hat ohne uns. Als ihr Kind kann ich ihre Geschichte nicht nachzeichnen – indem ich es tue, höre ich auf, Kind zu sein.

Mit den Briefen und Karten, alle datierbar auf ein einziges Jahr, übergab sie mir kein Vermächtnis, sie lieh mir ihren und Berts Blick. Die meisten Briefe wurden in den ersten Wochen geschrieben, nachdem sich die beiden kennengelernt hatten, aber auch jede weitere und noch so kurze Trennung ist festgehalten, einige Nachrichten auf Zetteln liegen dabei. Sie wurden damals, als wir für einige Monate alle zusammenlebten, auf dem Küchentisch hinterlassen oder mit Klebestreifen an die Wand gehängt. Kurze Mitteilungen, deren Inhalt unwichtig ist, deren Ton aber vieles erzählt. Und dann sind da Mutters Briefe, die keine Briefe sind: Ihre Selbstgespräche, die sie dennoch an Bert adressierte. Ihre Tagebücher, die ohne Bert nicht auskamen.

In den ersten Monaten nach Berts Tod konnte sie nicht schreiben, sie saß bloß herum und starrte ins Leere. Oder sie stürzte sich in nutzlose Aktivitäten, putzte und polierte, wo es nichts zu putzen und zu polieren gab. Sie lud sich Freunde ins Haus und sagte immer das gleiche. Sie saß da, hörte den anderen nicht zu, bei der ersten Gelegenheit ergriff sie das Wort und redete sich den Mund über Bert wund. In den ersten Monaten redete sie nach draußen, sie stülpte ihr Elend in die mitleidenden oder peinlich berührten Gesichter ihrer Freunde und Bekannten. Ich erinnere mich, wie oft ich dabeisaß und fühlte, was sie fühlte. Ich war noch ein Kind.

Ich weiß noch gut, wann sie mit dem Schreiben begann. Der Sommer war regnerisch gewesen, wir hatten die Stadt kaum verlassen. Karla und ich waren manchmal von Bekannten abgeholt und auf eine kleine Spazierfahrt mitgenommen worden. Man hatte uns Kinder mit Spielsachen eingedeckt, man hatte Bücher, Buntstifte und Kuchen vorbeigebracht. Menschen, die wir kaum gekannt hatten, waren plötzlich nett zu uns gewesen und hatten versucht, uns mit hübschen Geschenken aufzuheitern. Wir hatten uns das gefallen lassen, aber die meiste Zeit hatten wir mit Warten verbracht. Später, im Herbst, wurde das Wetter schön, und plötzlich regte sich etwas im Haus. Mutter ging eine Weile lang nicht zur Arbeit, sie wachste unsere Schuhe und packte täglich Proviant in den Rucksack. Wir gingen in die Berge und legten weite Wege zurück, aber in den Pausen gab es eine Decke zum Liegen und gutes Essen. Immer öfter kam es vor, daß Mutter in die Landschaft lächelte, oder ihr Gesicht der Sonne zureckte, oder etwas Interessantes zum Mitnehmen fand und dabei gar nicht von Bert sprach. Abends fielen wir müde ins Bett und konnten gerade noch hören, daß sie Musik auflegte. Ich wußte, sie hatte ein Heft, in das sie schrieb, und abends sah ich sie an der Schreibmaschine sitzen und tippen. Es war September, Bert war seit einem halben Jahr tot, sie hatte aufgehört, nach draußen zu reden, sie hatte begonnen, nach innen zu schauen.

Den ganzen Winter und Frühling hindurch führte sie schreibend Selbstgespräche, langsam wurde sie wieder zu der Frau, die sie gewesen war. Irgendwann, im Sommer, gab sie diese Gewohnheit wieder auf, ich bemerkte es kaum. Vierzehn Jahre vergingen, bis sie eines Tages verschwand, in all den Jahren hatte ich den Eindruck, sie führe ein zufriedenes Leben. Sie war die Mutter, es gab keinen Grund, mir darüber hinaus reichende Gedanken zu machen. Erst ihr plötzliches Verschwinden warf Fragen auf, Fragen, die unsere Vergangenheit betrafen, und Fragen, die ihr Fortgehen erklären sollten. Etwas zutiefst Beunruhigendes mußte ihr widerfahren sein, aber, sosehr ich auch suchte, ich fand nicht den geringsten Anhaltspunkt, was es gewesen sein konnte.

In der ersten Zeit, da sie dort wohnte, waren die Tage makellos schön, kein Begehren trübte die Stunden, die sie mit den Geschichten der Menschen verbrachte. Sie hatte nur mehr diese Geschichten, alles andere hatte sie zurückgelassen, und was an Neuem herantrat, entfernte sie rasch aus ihrem Gesichtskreis. Nüchtern gesehen war sie arm, fast alles, was sie besaß, hatte sie verschenkt, um unbelastet in den Tag hineinzuleben. Sie hätte einige ihrer Sachen verkaufen können, doch der Gedanke, über größere Geldsummen oder ein Konto zu verfügen, erschien ihr beinahe verwerflich. Für das Notwendige war gesorgt. Der Nachbar von früher überließ ihr das Haus, es war ein Turm, ein Leuchtturm, das Gebäude machte einen herabgekommenen Eindruck, doch Türen und Fenster schlossen, das war das Wichtigste. Das Land war einsam, der Küstenstreifen ohne besonderen Reiz. Sie suchte damals das Meer, den Eindruck von Weite nach allen Seiten, das Wissen, daß sich nur wenige Touristen dorthin verirrten, lockte sie an.

Die Liebe des Nachbarn schien sich verändert zu haben, er stellte ihr nicht mehr nach, er erhielt sie am Leben. Wenn Erik einmal in der Woche vorbeikam, schüttelte er immer wieder den Kopf, was machst du hier eigentlich, fragte er und blätterte ein wenig in den umherliegenden Notizen, schüttelte wieder den Kopf, schleppte einen Sack Kartoffeln herauf, stellte Haltbarmilch, ein paar Früchte, Schafkäse und Vitaminpillen auf den Tisch. Sie hatte einen Tisch, einen Stuhl, eine Matratze, eine Küchenhexe, zahlreiche Decken, mehr nicht. Erik sorgte für sie, er brachte ihr Holz und Papier, er war ihr treu geblieben, obwohl er nie etwas von ihr hatte, zumindest nicht das, was er wollte. Meistens blieb er ein, zwei Stunden im Leuchtturm, und sie unterhielten sich ein wenig. Es kam vor, daß sie von Bert, dem Toten, sprach. Sie zog dann einzelne Erlebnisse hervor, meist Belanglosigkeiten, die sich damals, vor vielen Jahren, ereignet hatten, wie beiläufig kramte sie in der Schublade ihrer Erinnerung und legte etwas auf den Tisch der Gegenwart. Erik wußte nicht viel zu sagen, er schüttelte seine langen Haare, sie waren, anders als ihre, noch kein bißchen grau. Er saß oft da und zupfte an seinem Bart herum, vorsichtig stellte er ein paar sehr allgemeine Fragen und schaute sie dabei kaum an. Obwohl er nicht schlau wurde aus ihr, obwohl er keine Antworten erhielt, hatte sie den Eindruck, daß er verstand.

Wenn Erik wieder fort war, fühlte sie sich vollkommen. Seine Besuche rissen sie immer ein wenig auseinander, aber dann wuchs sie wieder zusammen. Nicht, daß er sie störte, sie schätzte seine Gesellschaft und war dankbar, daß er sie mit Lebensmitteln und Holz versorgte. Er war ein angenehmer Besucher, zurückhaltend und gewährend, mit einer selten anzutreffenden Großzügigkeit ausgestattet. Sie hatte ihre Sachen weggegeben und lebte von ihm, das eine oder andere aus ihrem Besitz hatte sie ihm mitgebracht, doch es war kein Ausgleich für das, was er ihr gab. Der Tote sei alles für ihn gewesen, Freund, zugleich Vater, manchmal eine Art Bruder, und ausgerechnet ihm hatte er schaden wollen. Erik sagte das so, und es schien seine Erklärung für die Tatsache zu sein, daß er für sie sorgte wie für ein Kind.

In der Stille war sie vollkommen. Diese Stille war laut, das Meer, die Geräusche der Nacht, die Vögel, einige Spaziergänger, ihre Stimmen in der Ferne, die Geschichten im Kopf. Und vor allem der Wind, immer wieder der Wind! Er streifte an den Wänden des Turms entlang, samten, er kletterte die Fassade hoch, bestimmt, kraftvoll, er strich ums Dach, manchmal rüttelte und zerrte er an den Fenstern, daß sie klapperten, offene Fensterflügel schlugen gegeneinander, Scheiben zerbrachen, und wenn jemand vorbeifuhr, nahm der Wind die Stimmen, das Aufheulen des Fahrzeugs mit.

Stundenlang stand sie untätig am Fenster. Sie ließ ihren Blick über die Fläche des Wassers schweifen, den Küstenstreifen abwandern, den Himmel ermessen. Stundenlang konnte sie das Treiben der Vögel auf dem Wasser und am Strand beobachten. Die Art, wie die Vögel, meist im Schwarm, sich erhoben und weiter drüben wieder herabsanken! Ihr langes Gleiten ohne Flügelschlag, reglos der Luft hingegeben, von Luft geschoben und gewogen! Die Vögel machten aus der Luft eine liebkosende Mutter. Zum Osten hin eröffnete sich die schönste Aussicht, dort erstreckte sich eine große Düne, Grashügel buckelten vor den jungfräulichen weißen Becken und vor den raffiniert geschwungenen Mauern aus Sand. Im Abendlicht wurde der Sand gelb, die Grasbuckel färbten sich schwarz, aus einiger Entfernung glaubte man in den Formen der Dünen Tier- und Menschengestalten zu entdecken. Manchmal ging sie hinaus und legte sich in den Sand und wunderte sich, daß er kühl war: Sie hatte ihn brennen sehen.

Der Morgen war die einzige Zeit, in der sie kleinen Verrichtungen nachging. Als erstes ging sie hinunter, um Holz zu holen, sie heizte die Küchenhexe ein. Sie wusch sich ausgiebig und rieb sich mehrmals am ganzen Körper ab, spürte die Feuchte des Tuchs durch ihre Haut dringen, wie sie sie erfrischte und aufrichtete. Sie klopfte das Wasser in sich hinein, ließ sich an der Luft trocknen, der Körper hatte sich an die Kälte gewöhnt, genoß das Prickeln auf seiner Oberfläche. Dann zog sie sich frisch an, schälte Kartoffeln und stellte sie in einem Topf auf den Herd. Während die Kartoffeln langsam zu sieden begannen, wusch sie die zuletzt getragenen Kleider mit der Hand aus und warf sie auf die Leine über der Küchenhexe. Die vom Vortag getrockneten Wäschestücke, Hosen, Hemden, Strümpfe und Pullover streifte sie glatt und legte sie auf ein Brett. Sie wollte jeden Tag frisch Gewaschenes tragen. Erst dann putzte sie sich aufwendig die Zähne, dafür verwendete sie sehr lange Zeit. Sobald die Zähne auf allen Seiten von ihrem Belag befreit waren, reinigte sie das Zimmer, erst dann trug sie das Essen auf, die einzige Mahlzeit im Laufe ihres Tages, es war meist halbelf. Sie aß sehr langsam, kaute gründlich und speichelte jeden Bissen ein, sie verfolgte aufmerksam den Schluckvorgang und spürte dem Speisebrei in ihrem Inneren nach, bevor sie den nächsten Bissen nahm. So wurde sie angenehm warm und satt. Anschließend trank sie noch eine Tasse Löskaffee mit Haltbarmilch und fühlte sich am ganzen Körper wohl und gesund. Sie freute sich auf den Gang zum Brunnen, der etwa zehn Meter vom Haus entfernt war. In zwei Zehn-Liter-Kanistern holte sie Wasser für den ganzen Tag, davon trank sie einige Liter in kleinen Schlucken, über die

Stunden verteilt. Der Rest war das Koch- und Waschwasser für den nächsten Morgen, einen Eimer reservierte sie für die Toilettenspülung. Das Wasserholen war ihr heilig. Sie schaute sich dabei zu, sie trug ein Lächeln auf dem Gesicht und summte ein Lied vor sich hin. Im Sommer ließ sie das Feuer ausgehen, im Herbst legte sie ein Scheit nach dem anderen nach. War der Brunnen gefroren, was selten vorkam, so gab es nichts zu tun als auf Tauwetter zu warten.

Spätestens ab zwölf Uhr hatte sie keine Pläne mehr, sie saß auf ihrem Stuhl, oder stand am Fenster und schaute. Oft starrte sie lange Zeit in den Himmel, und manchmal machte sie sich den Spaß, ein Stück der blaßblauen Fläche ohne zu zwinkern ins Visier zu nehmen, die Fläche aufzulösen und Tropfen für Tropfen in ihre Augen träufeln zu lassen. Oder sie stellte sich vor, der Himmel werde durch Millionen von Nadelstichen perforiert, sie ließ den Himmel in zahllose Teilchen auseinanderfallen, die Himmelpartikel flogen in ihre Augen und verschwanden dort. Sie absorbierte den Himmel. Wenn sie sich randvoll fühlte, von Hellblau überflutet, schaute sie sich um und stellte fest, daß der Himmel dennoch nichts von seiner Ausdehnung eingebüßt hatte. Das Himmelgefühl in ihrem Inneren hielt lange vor und machte leichte, luftige Laune. Dann las sie gerne in den alten Briefen und Texten. Sie öffnete das Fenster, ließ den Wind hereinblasen, daß er die Papiere aufwirbelte. Im Ordnen der Blätter fand sie neue Sätze, oder sie las die alten Sätze auf neue Art. Abends ging sie die Küste entlang, bis die Müdigkeit sie zurückschickte. Sie legte sich hin und wartete.

In der ersten Zeit wußte sie nicht, worauf sie wartete. Sie lag da und dachte an nichts, die Dunkelheit saugte alle gespeicherten Eindrücke des Tages weg, nichts blieb zurück, nicht einmal die Frage, warum sie dieses Leben gewählt hatte. Aber allmählich, mit dem Verstreichen der Wochen, richteten sich wie von selbst Spielregeln ein und klärten die Lage ab. Eines Nachts ging eine Tür auf, der offene Türrahmen wirkte erleuchtet, obwohl niemand ein Licht angemacht hatte. Es schien, als fragte der Türrahmen, darf der da eintreten? oder: darf sie sich setzen? Sie blinzelte ins Licht und nickte, sie bejahte, obwohl sie niemanden erkennen konnte. Sobald sie ihre Zustimmung gegeben hatte, schloß sich die Tür, und ein Mensch saß bei ihr und redete. Niemals hörte sie, wie eine Geschichte anfing, immer fiel sie in das jeweilige Leben hinein, ohne Vorbereitung, ohne Vorwarnung. Sie war mittendrin, noch bevor sie bemerkt hatte, daß die Tür verschlossen, das Licht wieder ausgegangen war.

Im Frühjahr war sie in den Turm eingezogen, die ersten Wochen waren schnell verstrichen und bald überraschte sie der Sommer mit überwiegend heißem Wetter. Die Tage, an denen sich der Himmel milchig über die Küste legte, das Meer ruhig seine Wellen, eine nach der anderen, gegen das Land schob, mochte sie am liebsten. Es waren Tage, in denen die Geschichten der Nacht hinter einem zarten Schleier noch einmal vorbeizogen, dann verschwanden. Sie sanken ins Meer, traumgleich, willenlos, sie ließen sich von den Wellen hinaustragen, vom Wasser zudecken. Aber manche Tage waren erbarmungslos schön, und die Geschichten bäumten sich auf, ließen sich nicht beseitigen. Sowohl bei Sturm und Regen als auch bei strahlendem Wetter, unter dem glasklaren sommerlichen Himmel, schmerzten die Geschichten nach. Die nächtlichen Stimmen bohrten in ihrem Inneren, sie hörte die Klagen und Bitten wie Schreie im Sturm, oder wie ein stilles Weinen in der stehenden Sonne über strahlender Küstenlandschaft. Die Sonne war am erbarmungslosesten, der Sturm fegte manche Färbung von Schmerz weg, oder er zerfetzte den Schmerz, so daß er sich veränderte. Die Sonne aber, die Windstille und das helle gleißende Licht legten die Erfahrungen schonungslos bloß. An solchen Tagen blätterte sie mehr als üblich in den alten Briefen und Postkarten. An solchen Tagen war sie versucht, mit lauter Stimme vor sich hinzureden, sich selbst vorzulesen, als könnten die Laute aus ihrer Kehle die Geschichten der Menschen ersticken. In manchen Augenblicken beobachtete sie sich dabei, die Erfahrungen der Nacht als zu stark zu empfinden, dann lachte sie, kroch auf ihre Matratze, fand langsam zum Gleichmut zurück.

Es waren Geschichten von Männern und Frauen, und, hätte sie Gesellschaft gehabt, so hätte sie sich mit ihren Gästen an den Tisch gesetzt, hätte gemeinsam mit den anderen die Erfahrungen auseinandergenommen und erklärt. Da sie alleine war, ließen sich die Geschichten nicht hin und herschieben und damit ein wenig auflösen, sie standen aufrecht in ihr, bei milchigem Wetter zogen sie allmählich ab, bei Sturm regten sie sich lange auf, sie peitschten sie durch, im hellen Licht eines Sommertages brannten sie auf ihr. Sie fiel oft darauf herein, auf das Peitschen, das Zerfetzen und auf das ziehende Brennen, aber immer faßte sie sich nach einer Weile. Dann half es, herzlich zu lachen, oder sich hinzulegen und auszuruhen. Die Geschichten der Frauen und Männer waren alle so, daß man ruhig darüber lachen durfte. Doch am Ende mußte sie wieder zum Ernst der Menschen zurückkehren, zu dem, worum sie baten und bettelten. Erleichterung wurde ihnen nicht gewährt, erst recht keine Erlösung. Unter den Menschen herrschte Krieg, so lange, bis einer aufgab und aufhörte, recht behalten zu wollen. Die Umgebung verdarb unter dem Kampf der Männer mit den Frauen, der Frauen mit den Männern. Das war der ganze Ernst, die Erfahrung, daß das Verderben fortschreitet, die Gefechte weitergehen. Lange Zeit.

Einmal, als sie so auf der Matratze lag, ermüdet vom Lachen, ermüdet von den nachempfundenen Schrunden, den Verletzungen und ihren Folgen, hörte sie Eriks Fahrzeug. Sie fühlte sich plötzlich zurückversetzt in die Zeit vor vielen Jahren, als sie alle zusammenlebten, Bert, sie und die Kinder, dazu Erik. Sie sah Bert vor sich, wie er mit Erik in den Wald fuhr, um Holz zu machen, und dann sah sie, wie die beiden fröhlich nach Hause kamen, zwei Abenteurer, die stolz ihre Beute auspackten und vorführten. Sie spürte, wie Erik immer wieder, kaum hatte Bert sich weggedreht oder das Zimmer verlassen, seine Hand auf ihren Körper legte, auf ihr Knie, ihren Rücken, ihre Schenkel, ihr Gesäß. Sie erinnerte sich, wie Erik sich an sie drängte, wenn sie alle gemeinsam in der Tür standen, um ihn zu verabschieden, sie spürte, wie er im Flur, scheinbar zufällig, seine Seite an ihren Bauch preßte, und als sein Freund wegschaute, schob er für einen kurzen Moment seine Hand zwischen ihre Beine, um ihn gleich darauf anzustrahlen und den Tag als äußerst gelungen zu loben. Sie sagte nichts, sie hörte Bert begeistert über den Wald und das Holz und das Alter der Bäume reden, und als Erik gegangen war, hörte sie, wie er die Geschicklichkeit seines Nachbarn bewunderte, sie sah, daß ihr Geliebter sich über die Art, wie der Freund mit der Motorsäge umzugehen imstande war, begeisterte. Was für ein schöner Tag das war, und wie groß die Ausbeute, wieviel Holz er bekommen hatte für seine Arbeit, die er noch gar nicht so recht beherrschte! Bert freute sich über die Großzügigkeit seines kleinen Bruders, er führte vor, wie, mit welchem Gesichtsausdruck, dieser dem Älteren bei der Arbeit alles mögliche erzählt hatte, und er war zufrieden, daß er ihm wieder einmal helfen konnte. Der Nachbar, Freund und Bruder, so groß und stark und gewandt er auf der einen Seite war, schien auf der anderen Seite klein und bedürftig zu sein, er wußte so wenig von der Welt dort draußen und vom Leben und von den Frauen. Bert belustigte das, es stimmte ihn aber auch ein wenig traurig, er liebte Erik, und sie beschloß, seine Zuneigung wichtiger zu nehmen als das andere.

Erik fand sie liegend vor, sie hatte immer noch die vergangenen Szenen vor sich, als er eintrat, einen großen Sack Kartoffeln auf der Schulter, sie verfolgte seine schweren Schritte durchs Zimmer und spürte seine Hände auf ihr, sie lag da und rührte sich nicht. Sie stellte sich vor, wie er sich zu ihr legte, sie fragte sich, ob er es tun würde, wenn sie ihm ein Zeichen der Einladung gäbe, sie war sich sicher, er würde es nicht tun. Der Tod schwemmt die Alltagsdinge weg und mit ihnen die Wünsche des Alltags, die Oberfläche fällt ab, Unterschwelliges taucht auf. Und unter der Bedrängung, die sie sich damals von Erik gefallen ließ, ohne darüber zu reden, lag wohl schon etwas anderes verborgen, eine Liebe jenseits von Körper und Wollen und Sehnen, Freundschaft vielleicht, oder Fürsorge.

Die Nacht, in der sich zum ersten Mal ein Mensch an ihr Bett setzte und ihr seine Geschichte erzählte, war warm, für einen Nordseestrand seltsam schwül, kein Wind wehte, die Luft lag schwer über dem Land, und das Meer erschien ihr merkwürdig bewegungslos, eine erstarrte Fläche ohne Leben. Sie war lange die Küste entlanggegangen, so weit, daß sie in der Ferne die Lichter der kleinen Stadt sehen konnte. Auf dem Rückweg war sie über den Strand hinausgelaufen, um die Füße beim Gehen im Wasser zu haben, sie spürte, wie der Sand bei jedem Schritt unter ihr wegbrach, sie fürchtete sich nicht. Normalerweise fühlte sie sich ängstlich, wenn sie nachts alleine draußen umherschweifte, da sie vollkommen ungeschützt war. An dem Abend aber war sie frei von jeder Last, sie dachte über den Tod nach, und es erschien ihr einerlei, ob sie lebte oder nicht, und diese Gleichgültigkeit löschte jede Befangenheit vor der Nacht in ihr aus. Nach stundenlangem Gehen kehrte sie erschöpft in den Leuchtturm zurück und öffnete alle Fenster und Türen. Sie legte sich hin.

Es war eine sonderbare Frau, die da zu ihr gekommen war, um zu berichten. Ihr Tonfall wirkte unbeteiligt, die ungeheuerlichen Dinge, die sie ihr erzählte, schienen sie nicht zu betreffen, ihr eigenes Leben schien der Frau fremd zu sein. Sie lag im Dunkeln und versuchte dennoch, ihre Gestalt auszumachen, aber auch nach längerem Suchen konnte sie nicht erkennen, wer bei ihr war. Sie dachte an eine Täuschung, nachts im Dunkeln sieht man zuweilen Dinge, die es nicht gibt, und am nächsten Tag wundert man sich über sich selbst, man sagt sich, wie konntest du nur daran glauben. Die Gestalt da neben ihr mit der monotonen Stimme, diese offenbar an ihrem Leben ganz unbeteiligte Frau, konnte ihrer Einbildung entspringen, gewiß. Aber je länger sie ihr zuhörte, desto wirklicher erschien ihr die Frau. Sie horchte mehr in den unbeteiligten, kalten Ton der Erzählung hinein als in die Geschichte selbst. Wie war es möglich, daß ein Mensch sich vollkommen weigerte, vom Eigenen berührt zu werden? Warum war diese Frau gekommen, da sie bloß einen Bericht, keine Einsicht abliefern wollte? Ihr wurde jene Kluft bewußt, die Kluft zwischen Erfahrung und Gefühl, der Abstand zwischen dem Erlebtem und der Bewegung im eigenen Inneren. Die Frau schien das, was ihr widerfahren war, in die Vergangenheit geschoben zu haben, mit nichts zu verknüpfen, was den gegenwärtigen Moment bestimmte. Aber gleich mußte sie ihren Gedanken korrigieren, denn der Frau war nichts widerfahren als die eigene Handlung, sie hatte mit keinem anderen zu tun gehabt, nur mit sich selbst.

Als die Frau verschwunden war, öffnete sich wieder die Tür und eine andere Person setzte sich zu ihr, sie keuchte, als sei sie weit gerannt. Mit bebender Stimme sagte die Frau, er sei immer ein Perfektionist gewesen, er werde akribisch nach ihr forschen und sie noch eines Tages ausfindig machen. Falls dies geschehen sollte, werde sie sich auf der Stelle umbringen. Auf keinen Fall werde sie in seine Hände geraten, wie er in ihren Händen gewesen war. Seine Rache sei ihr gewiß, aber sie werde sich selber richten, sobald er sie findet.

Die Frau erzählte: Als er eines Tages nichts mehr von ihr hatte wissen wollen, sei sie in seine Stadt gefahren und in sein Haus eingebrochen. Sie habe gewußt, daß er beruflich verreist war und mehrere Tage lang fort sein würde. Sie habe es sich bei ihm gemütlich gemacht, sie habe in seiner Nähe sein wollen und dies sei ihre einzige Möglichkeit gewesen. Sie habe in seinem Bett geschlafen und seine Kleider angezogen, außerdem die von seiner Mutter eingelegten Kompotte und Marmeladen aufgegessen und seine über alles geliebten, kostbaren und lange gelagerten Weine getrunken. Im Keller habe sie an der Wäscheleine ein einsames T-Shirt gefunden, das er oft angehabt hatte, als sie noch zusammen gewesen waren. Das T-Shirt sei mit dem Halsausschnitt nach unten gehängt, da habe sie plötzlich den Eindruck gehabt, er selbst hänge da, mit dem Kopf nach unten und mit wedelnden Armen. Der Anblick habe sie amüsiert, sie habe seine Wangen getätschelt und ihm beruhigende Worte zugesprochen. Dann habe sie ihn im Keller alleine gelassen. Sie habe begonnen, sein Haus auf den Kopf zu stellen, er sei immer so ordentlich gewesen, was sie manchmal ein wenig abgestoßen habe. Also habe sie jetzt etwas Wind in seine Wohnung gebracht. Sie habe Putzmittel über den Fernseher geleert, das Telefon und den Anrufbeantworter mit Ölfarbe übergossen, die CDs aus den Hüllen genommen und mit Schuhen darauf herumgetrampelt, die Bücher in kleine Stücke gerissen. Sie habe das Geschirr auf den Boden geworfen. Sie habe ihren Kot auf die Küchenwände geschmiert und die Vorhänge zerschnitten. Sie habe auf seine Ledercouch uriniert, Essensreste in den Teppich getreten und Wein darauf verschüttet. Immer wieder habe sie nach neuen Ausdrucksmöglichkeiten für ihre temperamentvolle Liebe gesucht, ja, ihre Liebe zu ihm sei eine leidenschaftlich glühende gewesen, was er aber nicht besonders geschätzt habe. Er sei eher der lauwarme Typ gewesen, freundlich und zuvorkommend, sehr korrekt und ziemlich glatt. Zum ersten Mal habe sie gesehen, daß auch er außer sich sein konnte. Wann immer sie in den Keller gegangen sei, um nach ihm zu sehen, habe er laut protestiert, sie verflucht und eine Hexe geschimpft, mit blau angelaufenem Mund habe er sie angespuckt und mit seinen wedelnden Armen nach ihr gegriffen, um sie zu schlagen. Natürlich habe er ihr nicht wirklich etwas anhaben können. Sie aber habe sich gefreut, denn so habe er sich im richtigen Leben nie verhalten, und auch sie habe an seiner Seite die Rolle der netten kleinen Frau gespielt. Was sie sich alles versagt hatten!

Am dritten Tag habe sie das Äußerste gewagt. Nachdem sie sich sonst von Türen und Fenstern in seinem Haus fernhielt, um von außen nicht gesehen zu werden, sei sie an diesem Abend sogar ausgegangen, mit Minikleid, Sandalen, die knappe Jeansjacke darüber. Sie habe sehr gut ausgesehen. Sie habe von einer Telefonzelle aus seinen Freund angerufen und so getan, als sei sie in einem Hotel und auf der Durchreise. Sie habe sich mit dem Freund getroffen und ein paar Gläser Wein mit ihm getrunken, sie habe wie beiläufig nach ihm gefragt und so getan, als sei er ihr völlig gleichgültig. Dabei habe sie bemerkt, wie aufmerksam, beinahe lauernd sein Freund sie betrachtete. Dann sei sie in sein Haus zurückgekehrt und habe sich in den einzigen unversehrten Ort, das Schlafzimmer, zurückgezogen. Sie habe über alles nachgedacht, denn sie habe gewußt, daß die schönen Tage zu Ende gingen. Natürlich habe sie den Freund nur seinetwegen angerufen, nicht etwa, weil sie sich gelangweilt habe. Er sollte später von ihrer Leidenschaft erfahren, er sollte sie nie mehr vergessen können. Sie sei zu ihm in den Keller hinabgestiegen, er habe erschöpft, aber nicht unglücklich gewirkt, wie einer, der aufgegeben hat und dem Feind noch ein resigniertes Lächeln schenkt. In der letzten Nacht habe sie auch noch das Schlafzimmer zerstört, so gut es ging, ohne allzu großen Lärm zu machen. Sie habe einfach mit einem spitzen Gegenstand Löcher in die Möbel gebohrt, die Matratze habe sie aufgeschlitzt. Als sie im Morgengrauen nach der Wäscheleine im Keller geschaut habe, habe sie den Eindruck gehabt, er sei tot. Sie habe fluchtartig das Haus verlassen, und seitdem habe sie nicht mehr aufgehört zu fliehen.

Die Frau begann wieder zu keuchen und rannte davon. Sie wollte ihr noch nachrufen, sie auffordern, doch hier, doch stehenzubleiben. Aber da war niemand.

Von nun an kamen nachts immer wieder neue Geschichten zu ihr.

Im Spätsommer regnete es häufig, und sie verließ den Leuchtturm nicht. Die nassen Kleider hingen über der Küchenhexe, sie verbrauchte viel Holz, nur um sie zu trocknen, aber täglich frische Kleider zu tragen, war ihr einziger Luxus. Sie dachte daran, was geschehen würde, wenn Erik nicht mehr käme. Sie war selig festzustellen, daß dieser Gedanke sie nicht beunruhigte.

Wenn der Regen stark ist, übertönt er das Meer. Stundenlang stand sie am Fenster, schaute hinaus und verband sich mit dem unablässigen Rauschen. War es wirklich das Rauschen des Regens, war es nicht vielmehr das Rauschen der Luft, die der Regen streift, oder das Rauschen des Meeres, welches den Regen aufnimmt? War es nicht eigentlich das Rauschen ihres Ohrs, weiter nichts? War es nicht letztlich das Rauschen des vor ihrem inneren Auge vorbeiziehenden Lebens? So viele Geschichten sah sie in anderen und wußte doch, es waren ihre eigenen, denn wären sie es nicht, so gingen sie sie nichts an, so ließen sie sie unberührt.

Während sie einmal am Fenster stand und dem gleichmäßigen Ton des Regens folgte, näherte sich das ratternde Geräusch eines Fahrzeugs. Die lehmige Straße, die zum Leuchtturm herausführte, war aufgeweicht, das Fahrzeug mußte viel Kraft und Feingefühl darauf verwenden, die Gräben zu überbrücken, dem weichen Untergrund zu trotzen. Sie hörte, wie der Motor noch einmal aufheulte, bevor er verstummte, sie sah, wie es unter der Kühlerhaube herausrauchte, wie sich die Scheibenwischer noch eine Weile sinnlos hin und herbewegten. Erik saß noch kurz am Steuer des stehenden Wagens und kramte im Handschuhfach nach einer Handvoll neuer Batterien und steckte sie in seine Hosentaschen. Er mußte geahnt haben, daß das Licht im Leuchtturm ausgegangen, im Wasser versunken war, vor zwei Tagen schon. Sie stand immer noch reglos am Fenster. Lachend trat Erik hinter sie und schüttelte die Nässe aus seinen Haaren. Wie ist es so, nachts ohne Licht, fragte er und lachte noch einmal, doch es klang nicht schadenfroh, es war das simple Blöken eines Schafes, das das andere Schaf anstößt. Sie fiel ihm um den Hals und dankte ihm für die große Taschenlampe, es war das erste Mal, daß sie einander umarmten, regungslos standen sie eine Weile da und hielten einander fest. Das war der Beginn einer sich langsam vollziehenden Wende. Mit dieser Umarmung setzte sie den ersten Schritt aus einer für Erik merkwürdigen, für sie aber wunderbar einfachen Traumwelt zurück ins Leben.

Doch das konnte sie nur aus der Entfernung so sehen. In den ersten Monaten, da sie dort wohnte, empfand sie ihren Aufenthalt im Leuchtturm als die einzig mögliche und wirkliche Form des Daseins. Da jede Erwartung auf ein Später und Noch, auf ein Weiter und Wohin abgelegt war, da sie mit den wenigen einfachen Verrichtungen und ihren nächtlichen Geschichten, mit der Aussicht aufs Meer und mit dem Wetter voll und ganz verschmelzen konnte, da sie gleichzeitig von ihrer Turmwarte aus den gesamten Küstenstreifen, ihren Kosmos, überblicken konnte, fand sie sich immer gerade im gegenwärtigen Augenblick, ohne Ablenkung ganz da. Es war das Nichts-fehlt, was ihr den Eindruck von Wirklichkeit gab. Es war das Nichts-kommt, was sie mit dem Ort ihres Aufenthaltes vollständig verband, und es war das Nichtsmuß, was ihre Blicke über Meer und Land vollkommen glücklich machte. Das Trinken von Wasser, die Berührung mit Wasser, der Wechsel des Lichts, Töne, Bilder, Schönheit waren ebenso Glück wie der Sturm, der Schmerz, die Erschöpfung, das Brennen oder die Trauer. Nichts stand außerhalb des jeweiligen Moments als Vergleichsgröße zur Verfügung, keiner zerrte von außen an der Qualität des Augenblicks, um sie zu verändern. Die Qualität veränderte sich von selbst, und den Wechsel nahm sie nicht einmal als solchen wahr.

Entscheidend war die leichte Drehung der Augäpfel nach außen gewesen, sie hatte ihr das Leben im Leuchtturm verschafft. Es war einige Tage nach dem Eintreffen eines Briefes, jener Abrechnung von Berts erster Frau, gewesen, und die Tatsache, daß sie nicht die Abrechnung, nur das Geschoß wahrnehmen konnte, war der Grund, weshalb sich ihre Augen drehten. Das Geschoß zerfetzte sie, noch bevor sie sah, von welchen Motiven Helga geleitet gewesen war. Dabei spürte sie nicht den Vorgang, nur das Ergebnis, irgend etwas war geschehen, irgend etwas war ihr widerfahren, aber mit der Veränderung in ihren Augen vergaß sie, was. Sie wußte es nicht mehr, auch war kein Drang da, der Sache auf die Spur zu kommen, sie hatte sich gedreht, das war alles, oder: Die Drehung hatte sie vollkommen aus der gewohnten Schiene gehoben. Sie schaute in den Spiegel, aber sie schielte nicht. Trotzdem spürte sie es deutlich, es war eine Erweiterung des Gesichtsfeldes eingetreten, und sie hatte den Eindruck, 180 Grad um sich selbst herumschauen zu können. Dazu kam, daß sie weiter als gewohnt schauen konnte, entfernte Gegenstände nahm sie sehr klar auf, zugleich rückten die Dinge um sie in die Ferne, nichts stand mehr dicht an ihr und bedrängte sie. Mit einem Mal hatte sie sehr viel Platz, und damit hatte sie keinerlei Angst und Sorge mehr. Traumgleich beschloß sie, ihre Wohnung und ihren Beruf aufzugeben und zurück in den Norden zu ziehen.

Eine der nächtlichen Geschichten bezog sich auf den Zustand ihrer Augen. Ein Mann erklärte ihr mit weinerlicher Stimme, seine Frau habe ihm bei einem Streit den Inhalt eines Cognacglases ins Gesicht geschleudert, das Getränk habe in den Augen eine Weile gebrannt, zugleich habe er aber ein großes Glücksgefühl erlebt. Er habe das Gefühl gehabt, daß in jeder einzelnen seiner Körperzellen eine Lawine losgetreten worden sei, die Bewegung habe im gesamten ein großartiges – der Mann gebrauchte tatsächlich das Wort großartig – inneres Fluten ergeben, zwar durchaus mächtig und zerstörerisch, aber alles in allem lösend und erleichternd. Er wisse, eine nur noch mühsam aufrecht erhaltene Staumauer sei mit einemmal gebrochen, das Angestaute habe sich Wege in die Freiheit gebahnt, und das habe ihm so gut getan wie schon lange nichts mehr. Als seine Augen sich aber nach einer Weile erholt hätten, sei auch das ausgesprochen angenehme Gefühl, das sich im ganzen Körper ausgebreitet habe, zurückgegangen, jede einzelne seiner Zellen sei allmählich wieder gefroren. Jetzt habe er Schmerzen am ganzen Körper. Seine Frau erwähnte der Mann mit keinem Wort mehr.

Sie ging zurück an die Nordsee, Helgas Brief vergaß sie. Es war, als ließe sie den Brief zurück, obwohl er gewiß unter den Sachen war, die sie mitnahm. Erst als sie ihn wieder entdeckte, rückten ihre Augen in die alte Position zurück.

Ein halbes Jahr lang hatte sie im Leuchtturm gelebt, ohne Wunsch und ohne Ziel, ohne Furcht und Sorge, schwerelos, als Erik sie erstmals direkt fragte, wie ihr Leben damals, nach Berts Tod, weitergegangen war. Er hatte ihr wie immer Lebensmittel gebracht und wollte, daß sie das eine oder andere Werkzeug behielt, für den Fall, daß der Wind wieder eine Scheibe brechen würde. Im Eingangsbereich des Leuchtturmes lagen einige alte Bretter herum, sie sollte sie im Notfall nach oben bringen und vor die kaputte Fensteröffnung nageln, als vorläufigen Schutz. Der Herbst mit seinen Stürmen war über das Land hergefallen, es war schon kalt und durch den starken Wind konnten weitere Scheiben bersten. Während Erik ihr Anweisungen gab, trank er zum ersten Mal einen Löskaffee mit Haltbarmilch, das Gebräu hatte er bisher immer verschmäht. Die Situation erinnerte ihn wohl an früher. Wie oft waren sie in der Küche zusammengesessen und hatten Kaffee getrunken, Bert, Erik und sie! Mehr als vierzehn Jahre waren seither vergangen, aber plötzlich war es so, als wäre es gerade erst gestern gewesen, daß sie Gespräche über die verschiedenen Arten von Werkzeug und wie sie zu handhaben waren, führten. Erik war wie immer der Kundige gewesen, der Handwerker und Bauer, der Meister der Materie und Materialien, des rechten Abstandes und

Winkels. Bert und sie hatten Erik gerne zugehört, wenn er über die Beziehung der Dinge zueinander erzählte, wenn er ihnen erklärte, wie beste Ergebnisse im Handwerklichen zu erzielen waren. Ob es sich um den Bau einer Holztreppe oder um das Anbringen eines einfachen Regals gehandelt hatte, Erik, der sonst so wortkarge Erik, konnte aus jeder Handarbeit ein spannendes Projekt machen. Vor allem Bert war von Eriks Fertigkeit und von seiner Fähigkeit, das eigene Geschick im Geist vorzuprogrammieren, fasziniert gewesen. Erik konnte jeden einzelnen Handgriff vor- und darstellen, nach seinen Schilderungen hätte man detaillierte Arbeitsanweisungen herstellen können. Doch darum war es ihnen nie gegangen. Meistens war es ihnen bloß um die Unterhaltung und um die Spannung, die in den Dingen und im Umgang mit den Dingen lag, gegangen, es hatte sie gereizt, den anderen in seiner ihm eigenen Sprache aufleben zu lassen. Wenn Erik nicht gerade über Handwerkliches gelehrt hatte, so hatte Bert ausschweifend Anweisungen zur durchaus erträglichen Leichtigkeit des Seins gegeben, und ihre Spezialität war es gewesen, längere medizinische Abhandlungen zu liefern, dabei war es ihr schwergefallen, ernst zu bleiben, sie hatte häufig Lachkrämpfe bekommen, wenn sie über Laborvorgänge und diagnostische Prinzipien Auskunft gab. Sie hatte es kaum fassen können, die Arbeit einer medizinischen Assistentin tatsächlich ausgeübt zu haben, noch weniger hätte sie es für möglich gehalten, später in diesen Beruf zurückzukehren.

Eriks Frage nach den vergangenen vierzehn Jahren hatte sie in diesem Moment unvorbereitet getroffen. Im Frühling, als sie mit dem Bus im Ort angekommen und das Gepäck im Café Hagen eingestellt hatte, um die letzten zwei Kilometer bis zu Eriks Hof zu Fuß zu gehen, wobei sie über die Felder abgekürzt hatte, war sie auf Fragen gefaßt und fest entschlossen gewesen, sie nur sehr allgemein zu beantworten. Sie war so sehr mit ihrem Ziel, einen einsamen Ort zum Leben zu finden, beschäftigt gewesen, daß sie jede Frage nach Vergangenem abgeschmettert hätte. Aber damals hatte Erik keine Fragen gestellt.

Er bat sie ins Wohnzimmer, was unüblich war, denn früher hatten sie sich stets nur in den Küchen ihrer Häuser aufgehalten. Eine gute Distanz herrschte zwischen ihnen, und weder Erik noch sie unternahmen etwas, um den Abstand zu verringern. Die Unterhaltung war sachlich, auf den Austausch weniger Informationen ausgelegt, fast so, als wäre kaum Zeit seit ihrer letzten Unterhaltung vergangen. Mit einemmal fühlte sie sich sehr wohl und sicher an diesem Ort. Als Erik hörte, wonach sie suchte, wiegte er seinen Kopf ein paar Mal hin und her, dann stand er auf und öffnete die Tür. Er fuhr sie ohne Umschweife zum Leuchtturm hinaus. Er hatte das Gebäude vor mehr als zehn Jahren billig erworben, den Turm hatte er instandsetzen und einrichten wollen, entweder um selbst dort einzuziehen, oder um die Wohnung zu vermieten, oder um, was er für am wahrscheinlichsten hielt, sie als Zweitbehausung, als Rückzugsort zu nutzen. Dazu war es aber nie gekommen, Erik wurde auf dem Hof gebraucht und die Renovierung des Turmes wurde immer wieder hinausgeschoben. Mit zwei seiner Geschwister wohnte er unter einem Dach, die Eltern waren gestorben, der Bruder hatte geheiratet. Eriks Schwester war zu einem Pflegefall geworden, nachdem sie sich mit einer Säure die Speiseröhre verätzt hatte, sie wurde zweimal täglich von einem ambulanten Pflegedienst versorgt.

Die Aussicht auf eine Frau habe ich aufgegeben, sagte Erik auf der Fahrt zum Leuchtturm, und sie war überrascht über diesen Satz. Erik war ihr nahe gewesen, er war ihr nahe getreten, doch über sich gesprochen hatte er selten, mit ihr nur ein einziges Mal. Mit diesem kleinen, unscheinbaren Satz legte Erik seine wunde Seite bloß, und mit einem Mal fand sie sich wieder in jener Szene von damals, als er plötzlich mitten am Vormittag in der Küche stand und um einen Kaffee bat. Das war seltsam, denn Arbeitszeit war bei Erik Arbeitszeit. Zuvor hatte sie schon eine ganze Weile lang

Eriks Traktor auf den Feldern draußen gehört, das Geräusch war einmal von da, einmal von dort zu ihr hereingedrungen, so daß sie den Eindruck gehabt hatte, das Fahrzeug kreise ihr Haus ein. Sie hatte aber gewußt, Erik fuhr Gülle aus, alle Felder rundum gehörten Erik und mußten zu dieser Jahreszeit gedüngt werden. Erik stand mit seiner Tasse Kaffee in der Küche und gab ein paar belanglose Erklärungen zum Landwirtschaftlichen ab, so, als wäre es normal, eine kleine Pause zwischen Gülle und Gülle einzuschieben. Sie spürte, daß er etwas im Schilde führte und wollte sich rasch verabschieden, zum Einkauf aufbrechen. Da sagte Erik, beinahe schon im Gehen, sie solle Bert verlassen und zu ihm ziehen, am besten gleich. Er wolle sie, auch für die Mädchen, ihre Töchter, habe er viel übrig, das wisse sie doch längst. Und sie wolle ihn doch auch, im Grunde, sie brenne doch im Grunde darauf, die Entscheidung zu fällen und Bert zu verlassen. Erik sagte dann noch eine Menge anderer Dinge, aber beendet wurde die Unterhaltung nie.

Sie saß im Wagen neben Erik und erinnerte sich an früher.

Er hatte seit längerem seine Hände auf ihr. Es hatte eines Tages mit einer leichten Berührung ihrer Hand bei Tisch angefangen, sie hatte die Hand zurückgezogen und die Geste für einen ungeschickten Ausdruck freundschaftlicher Zuneigung gehalten. Das nächste Mal hatte Erik ihren Arm berührt, ein andermal ihren Kopf, ihr Haar. Die Annäherungen waren immer häufiger geworden, besonders gerne hatte Erik mit der flachen Hand ihren Rücken berührt, die Bewegung der Hand war nicht flüchtig, sondern bedachtsam, beinahe feierlich gewesen. Nachdem sie begriffen hatte, daß Erik ihr eindeutige Botschaften übermittelte, hatte sie ihm drohende Blicke zugeworfen, gesagt hatte sie aber nichts. Manchmal hatte sie so getan, als interessierten sie seine Berührungen nicht, als bemerkte sie sie gar nicht. Nur einmal, Bert war hinausgegangen, um Holz zu holen, waren sie wie üblich in der Küche gesessen, die Kinder hatten gespielt und waren im Raum um sie herumgerannt, hatte sie ihm zugezischt, er solle damit aufhören, sie wolle nicht von ihm angegriffen werden. Erik hatte auf die Tischplatte gestarrt, und als Bert zurückgekehrt war, hatte er jeden Blickkontakt vermieden und sich bald darauf verabschiedet. An dem Tag, als Erik sie mitten am Vormittag aufsuchte, erfuhr sie, daß er auf Bert gewartet hatte. Er war sich sicher gewesen, sie werde Bert von seinen Annäherungen erzählen, und Bert werde ihn bald auffordern, sich zu rechtfertigen. Aber nichts war geschehen, und das hatte er als ihr stilles Einverständnis gewertet. Sie aber hatte Bert aus dieser lächerlichen Sache heraushalten wollen, sie hatte alles andere als Lust auf ein großes Theater gehabt. Sie schaute Erik ruhig an und sagte nein, laß mich in Frieden, willst du denn alles kaputt machen. Er glaubte ihr nicht, immer wieder versuchte er sie davon zu überzeugen, daß sie im Grunde zu ihm, nicht zu Bert gehörte. Sie ging. Sie ließ ihn alleine in dem Haus zurück, fuhr zum Einkaufen fort. Eine Zeitlang ließ Erik sie in Ruhe. Dann fing er wieder mit dem Spiel an, aber jetzt wurden seine Annäherungen direkter, sexueller. Solange, bis sie zu ihm ging und sagte, nicht ich liebe dich, sondern Bert.

Die Aussicht auf eine Frau, und Erik bog nach links ab, und plötzlich waren sie auf der kleinen Straße, die die Dünen entlang führte. Sie hatte hier gelebt, aber dieser Küstenstreifen war ihr nicht bekannt, flüchtig dachte sie daran, wie selten sie ans Meer hinausgefahren waren, die Kinder und sie, oder Bert mit den Kindern, oder Bert und sie, selten hatten sie Zeit gefunden für die Dünen und den Spaß am Wasser. Vielleicht lag es aber auch nur daran, daß es nicht üblich war, dort zu baden. Allenfalls wanderte man ein wenig am Strand, oder man fuhr hinüber zum Hafen, wo der Fischkutter lag und wo man sich frische Krabben in einem Plastiksack abholen konnte. Die Krabben aß man direkt am Hafen, während man den Leuten bei der Arbeit zuschaute.

Der Leuchtturm tauchte hinter einem Sandhügel auf, die Straße wurde immer schlechter, sie war nur teilweise geteert und das letzte Stück schaukelte der Wagen heftig von einer Schottermulde zur nächsten. Das ist das einzige, was ich hier zustande gebracht habe, rief Erik, ich habe den Privatweg mit Schotter aufgefüllt, er lachte, und sie dachte daran, daß man ohne Steine hier wohl im Schlamm versank, falls es länger regnete. Den Leuchtturm liebte sie auf den ersten Blick, und daß der Platz um das Gebäude herum öd war, fast einen verwahrlosten Eindruck machte, störte sie nicht.

Man kann das Haus abschließen, sagte Erik, und die Fenster sind alles in allem in Ordnung. Sie war noch gar nicht hochgestiegen, da gehörte der Turm schon ihr. Sie inspizierte den Brunnen und fand, daß er intakt war. Die Qualität des Wassers war dieselbe wie in den Häusern und Höfen, die im Landinneren lagen, gutes, angenehm weiches Wasser, nicht vergleichbar mit dem sprudelnden kühlen und harten Wasser in Gebirgsgegenden. Ein Dach über dem Kopf, Wasser, ein zu Fuß erreichbarer Ort, mehr brauchte sie nicht. Auf Eriks Frage, wovon sie lebte, antwortete sie mit einem Achselzucken, irgend etwas würde sich ergeben, da war sie sicher. Sofort sagte Erik, er wolle ihr bringen, was sie brauche, er wäre sehr froh, das tun zu können. Sie erwiderte nichts, und Erik schien keine Reaktion zu erwarten. Während er zurückfuhr, um einige Einrichtungsgegenstände, Essen und ihr Gepäck zu holen, machte sie sich mit dem Leuchtturm vertraut. Langsam stieg sie die steinerne Wendeltreppe hinauf, auf jede Fensterbank, in jede Mauermulde legte sie ihre Hand, und mit der Nase schnupperte sie in jeden Winkel hinein. Ihre Augen stiegen außen die Fassade hoch, während sie innen mit den Händen die Wände entlangtastete. Das Haus fühlte sich kühl an, seine Luft war trocken und klar, es gab keinen einzigen feuchten, muffigen Winkel. Der Aussichtsraum zuoberst erschien ihr atemberaubend schön, er verfügte über Fenster nach allen Seiten und einen kaum beschädigten Riemenboden. Sonst war nichts als Höhe, Meer, Vögel, Wind, Sand und ein Geschmack von Salz.

Während sie den Turm erforschte, kam ihr wieder die Reise, ihre Zugfahrt hierher in den Sinn. Die ganze Nacht war sie gedämpft dagesessen, ein stechender Kopfschmerz hatte all ihre Gedanken zersplittert. Neben ihrer eindeutigen Entscheidung zu reisen hatte sich Unsicherheit breit gemacht, sie hatte nicht gewußt, wohin die Fahrt letztlich gehen würde, nur einen Übergangsbahnhof hatte sie festgelegt, kein Ziel. Dort im Norden gab es verlassene Gegenden von intensiver herber Schönheit. Vielleicht würde sie einen dieser ausgebauten und eingerichteten Bauwägen bewohnen, er sollte irgendwo allein in einem Wäldchen stehen, oder noch besser draußen am Meer. Und der Mensch, der über Bauwägen und ihre Herkunft am besten Bescheid wußte, war Erik, und daher mußte sie bei Erik Zwischenstation halten, sie wollte sich zu ihrem Ziel durchfragen.

Am Morgen stieg sie in den Bus nach W. um, ein merkwürdiger Widerwille stieg in ihr auf, beinahe mußte sie sich übergeben. Sie bat den Busfahrer, sie aussteigen zu lassen, sie hatte zuviel Stolz im Gepäck. Wie bringe ich es fertig, Erik um etwas bitten, dachte sie. Eine Strecke ging sie zu Fuß, der Stolz verlor sich in Müdigkeit, ein Mann nahm sie im Auto die dreißig Kilometer mit. Sie fühlte nichts mehr, der Mann schwieg. Nur zuletzt, als sie über die Felder ging, spürte sie ihr Herz vor Aufregung klopfen. Sie kehrte in die Nähe des Hauses zurück, in dem sie mit Bert gelebt hatte. Sie hatte Angst davor, das Haus könne noch genauso aussehen wie früher, aber nein, gewiß hatte es sich verändert, sicher hatte es jetzt einen neuen Anstrich, ein neues Dach, neue Fenster. Sie scheute aber auch den Anblick des vielleicht gepflegten Gartens, man hatte womöglich Bäume gefällt und den Gemüsegarten in Schuß gebracht, sie wollte die fremde Wäsche auf der Leine nicht sehen, keinem Hund begegnen, keinem unbekannten Kind in die Arme laufen. Als sie sich näherte, stellte sie fest, daß Haus und Garten sich kaum verändert hatten, ein neuer Schuppen stand da, das war alles, sie ließ das Haus links liegen und ging rasch auf das Nachbargehöft zu, sie war erschöpft.

Keine drei Stunden später stand sie im Leuchtturm und schaute zum ersten Mal über das Meer. Sie öffnete das Fenster, streckte die Arme hinaus und ließ sich von der weichen Frühlingsluft einhüllen. Als Erik zurückkehrte, kauerte sie unter dem offenen Fenster, schlafend. Sie schleppten die Sachen, die er auf den Kleinlaster geladen hatte, einen Stuhl, eine Matratze, Decken und Essen, nach oben. Auf einem Campingkocher bereitete sie eine kleine Mahlzeit, das sich entfernende Motorengeräusch im Ohr. Jetzt am Abend war es kalt im Haus, das noch über keine Feuerstelle verfügte, sie begann, mit dem Wetter zu leben.

Immer öfter saß sie in ihrem Turm und dachte über die alten Zeiten nach, immer häufiger versetzte sie sich in die Atmosphäre von damals zurück. Sie brauchte sich nur den Blick auf Berts Haus oder den Geruch in Eriks Wohnzimmer zu vergegenwärtigen, schon fühlte sie sich so deutlich erinnert, als lägen die Begegnungen noch gar nicht lange zurück. Sie sah sich auf der Bank im Garten sitzen und mit ihren Augen dem Auto folgen, das in hoher Geschwindigkeit auf das Haus zusteuerte und zuletzt quietschend zu stehen kam. Bert saß heftig gestikulierend hinter dem Lenkrad, er redete auf Erik ein, der saß neben ihm. Die Männer hockten noch eine Weile im Wagen, um ihr Gespräch zu Ende zu bringen, und sie saß schweigend auf der Bank und beobachtete sie.

Sie fragte sich, was die beiden verband. Bert liebte Erik, aber sie waren so verschieden wie Männer nur sein können. Bert war von mittlerer Statur und mit einer starken dunklen Behaarung am ganzen Körper bedeckt. Er war kräftig gebaut, aber sein Körper hatte eine weiche Grundhaltung, er wirkte nie angespannt, eher das Gegenteil war der Fall.

Wenn er seinen Körper ruhig hielt, wirkte er schwer, wenn er auf einem Stuhl saß oder im Bett lag, hatte er etwas Ausladendes an sich. Bert stand fest auf dem Boden, zugleich war er aber von einer Wendigkeit, wie sie selten zu finden ist. Er bewegte sich schnell und gewandt, er tat, was zu tun war, seine Beine, Arme und Hände liefen umher und packten zu und ließen los und eilten auf und nieder. Bert redete und philosophierte gerne, oder er dachte laut nach: über die politische Lage, über globale Entwicklungen, über die Probleme der Menschen auf dem Land, über psychische Deformierungen – und über Bäume und Hölzer. Bert, der kaum in Wäldern gearbeitet hatte, kannte alle Baumarten, ihre Eigenschaften, die Beschaffenheit des Holzes und die Gesetze ihres Wachstums. Er hatte ein Regal voller Bücher über Bäume, er liebte Bäume und redete von ihnen wie von Menschen. Bert konnte stundenlang dasitzen und von sich oder anderen Leuten erzählen, man hatte den Eindruck, er kenne die Menschen und es war, je nach Tagesverfassung, spannend oder ermüdend, einem seiner kunstvoll gesponnenen Fäden zu folgen. Und wenn Bert über Bäume und Hölzer sprach, so klang das beinahe wie ein präzise gesetztes Gedicht.

Erik dagegen war groß und hell und schweigsam. Er forderte seine Gesprächspartner nicht, in seiner Gegenwart konnte man entspannen, es gab nichts zu tun, eine Unterhaltung blieb aus. Sogar Bert war in seiner Gesellschaft manchmal einsilbig, dann schien er bloß ein wenig vor sich hin zu sinnieren, gab sich mit einigen Stichwörtern zufrieden. Erik nickte dazu oder kommentierte das eine oder andere mit einem kargen Satz. Er verhielt sich ruhig und setzte lange Pausen. Sein Oberkörper schwang meist ein wenig über Bauch und Becken hin und her, hätte es diese deutliche Bewegung nicht gegeben, so hätte er wie ein Felsen gewirkt, schwer und unbewegt. Die Schwingung signalisierte eine gewisse Elastizität, die man Eriks Körper sonst nicht ansah. Erik ging nicht, er marschierte mit schweren, genau bemessenen Schritten, den Nacken häufig ein wenig gebeugt. Die Schultern waren breit und eckig, die Hände groß und grobknochig. Wenn seine Arme mit dem hochgekrempelten Hemd ruhig auf dem Tisch lagen, mochte sie sie gerne betrachten. Oft studierte sie Eriks Hände und fand ihren Ausdruck rührend, es waren so starke Hände, und doch wirkten sie unbeholfen, beinahe hilfesuchend. Eriks Körper war wie eine dicke Schale, die etwas sehr Zartes verbarg, sein Schweigen war das Abtasten der inneren Weichteile, seine Art zu reden der ungeübte Versuch, irgendwo vor Anker zu gehen. Nur wenn Erik arbeitete, schien er völlig eins mit sich zu sein, dann sah man nur den Meister seiner Sache, der jeden Handgriff gekonnt, fast elegant ausführte.

Am geschlossenen Fenster ihres Aussichtsraumes stehend, den Blick auf die bewegte Meeresfläche gerichtet, versetzte sie sich in ihre Rolle als Frau an Berts Seite zurück. Bert war mit seinem Sohn Jahre zuvor in das kleine Haus auf dem Land gezogen, eine gute Stunde zwar von seinem Arbeitsplatz entfernt, doch mit einem eigenen kleinen Waldstück, einem großen Garten und mit freiem Blick über die Felder. Die Familien in den Höfen ringsum begegneten ihm sehr zurückhaltend, der neue Nachbar wurde mißtrauisch beäugt und beinahe gemieden. Ein Mann und ein Kind alleine, häufig Besucher von auswärts, den Autos nach zu schließen von weither, was für Verhältnisse! Was sich in dem Haus wohl abspielen mochte? Wie das zugehen mochte, dort, was das wohl für ein Haushalt war, ohne Frau? Man war es nicht gewohnt, mit einer solchen Nachbarschaft Umgang zu pflegen, man hätte nicht gewußt, welches Gespräch da zu führen war, also wich man aus. Bert ließ umgekehrt die Nachbarn nicht in Ruhe, er stattete ihnen ungebeten Besuche ab und war so unbekümmert freundlich, daß man ihn nicht abweisen konnte. Bert verwickelte vorbeigehende Nachbarn in ein Gespräch, er bat um Rat, wenn es um Dinge der Gemeinde ging, die er nicht kannte, oder um landwirtschaftliche Zusammenhänge, über die er sich kundig machen wollte, und er bot den Nachbarn seine Hilfe an, falls es etwas geben sollte, was er beitragen konnte. Vor allem erzählte er den Leuten Geschichten, viele Geschichten, kuriose, traurige und lustige Geschichten von Menschen, solange, bis die Nachbarn auftauten und schließlich vor dem Nachhausegehen kurz bei Bert anhielten, um noch so eine Geschichte zu hören.

So war Bert auch Eriks guter Nachbar geworden. Bert war wahrscheinlich der erste Mensch in Eriks Leben, der mit einer Neugierde, die wirklich etwas wissen wollte, nach ihm fragte. Bert stellte niemals hohle, mehr oder weniger rhetorische Fragen, oder belanglose Fragen, deren Beantwortung letzten Endes nicht wichtig war. Gerade Menschen, die er nicht kannte, stellte Bert gezielt Fragen und ließ so lange nicht locker, bis er eine befriedigende Antwort erhielt. Er machte sich ein Bild von seinem Gegenüber, er machte sich Gedanken über andere, er wollte das Leben anderer begreifen, Beweggründe erfassen, Gewohnheiten ausloten. Es faszinierte ihn, kurzzeitig in die Hosen oder Röcke anderer zu schlüpfen, die Welt aus ihrer Perspektive zu betrachten. Bert war neugierig auf eine Art, die alles teilte, nicht auf eine Art, die sich heraushielt oder gar von außen beurteilte. Und Erik war überwältigt von der Tatsache, daß jemand immer Zeit für einen Kaffee, eine Unterhaltung hatte. Er konnte es kaum fassen, daß es so jemanden wie Bert gab.

Bert fand in Erik Eigenschaften, die er bei sich selbst vermißte, Disziplin und Gewissenhaftigkeit, das ausführliche Wissen über die Dinge, mit denen er arbeitete. Erik war für Bert ein Fachmann, er war ein guter Arbeiter und konnte etwas davon weitergeben. Er selbst hatte dagegen nichts Eindeutiges vorzuweisen. Wenn es etwas gab, das Bert bedrückte, so war es die Tatsache, daß er, wann immer er danach gefragt wurde, keinen richtigen Beruf angeben konnte. Er hatte einmal hier, einmal da gearbeitet, mehr oder weniger Geld damit verdient, er hatte zeitweise gar nicht schlecht verdient, aber was war er von Beruf? Ich bin nicht Maurer, nicht Bankangestellter, nicht Professor, sagte Bert, ich bin nur einer, der die Bäume kennt und ansonsten das Auskommen findet.

Manchmal waren Bert, Erik und Lenz eine geschlossene Gesellschaft. Sie gingen in die Werkstatt und fertigten einen Hängeschrank für das Badezimmer. Sie gingen auf die Wiese und ließen den neuen Drachen steigen. Sie saßen am Tisch und spielten Karten. Sie reparierten unter Eriks Anleitung den Hochstand im Wäldchen hinter dem Haus. Sie inspizierten den Motor des Autos, des Rasenmähers. Beide Motoren waren sehr alt. Die umliegenden Blechteile noch mehr, sie rosteten vor sich hin und mußten von Zeit zu Zeit geschweißt werden. Die drei schöpften tagelang Wasser an der Schwelle des Hauses, wo es sich bei starken Regenfällen staute. Wenn die Dachrinne mit Laub verstopft war, stieg Lenz als erster auf die Leiter und balancierte in gefährlicher Höhe. Die Männer gaben ihm von unten Anweisungen, Lenz fluchte wie ein Großer und schaufelte die faulenden Laubklumpen aus der Rinne. Erst wenn er müde und seine Lust auf große Taten erloschen war, stiegen Bert und Erik aufs Dach und brachten die Arbeit zu Ende. Sie schwangen sich zu dritt auf ihre Fahrräder und kehrten lange nicht zurück. Lenz wurde von einem Hund gebissen, die drei fuhren zum Arzt. Bert kochte, Erik schaute zu, Lenz fuhr mit schmutzigen Händen dazwischen und wurde verjagt. Lenz kam zurück und schlug alle Eier auf, vier waren zu viel und wurden draußen mit Erde und Gras zu einem seltsamen Brei vermischt, der am nächsten Tag in der Sonne steinhart wurde. Gelegentlich hockte Bert mit einer Zigarette im Gras, Lenz lümmelte in seiner Nähe und kitzelte sich mit Grashalmen im Ohr. Es war witzig zu sehen, wie Erik vor den beiden stand, stocksteif wie ein Soldat, die rechte Hand auf der Hüfte, die linke am Schenkel, wie vergessen, eine ganze Stunde lang. Was im Gespräch war, konnte man nicht hören, denn man mochte nicht stören, nicht fragen. Wenn sie die drei zusammen sah, mal geschäftig hantierend, mal friedlich dasitzend, eine imaginäre Friedenspfeife paffend, war sie sehr glücklich.

Sie erinnerte sich, wie schwierig das Leben auf dem Hof gewesen war. Es gab viel Arbeit, eine Arbeit, die ihr nicht fließend und gewohnt von der Hand ging. Lenz führte einen grausamen Kampf gegen sie und ihre Töchter, vor allem die Mädchen hatten ihm ein Stück seines Territoriums weggenommen und bedrohten seine unumstrittene Stellung im Haus. Lenz lebte seine Panik als Wut an den Schwächeren aus. Erik spielte ein Doppelspiel, er hinterging Bert viele Monate lang, setzte sie unter Druck. Sie hielt stand und Bert aus der Sache heraus. Sie hielt durch und fiel doch immer wieder aus dem Zusammenhang ihres neuen Lebens, irrend, zweifelnd. Mit Helga, die, nachdem sie sich jahrelang kaum blicken gelassen und an Lenz' Entwicklung nur wenig Interesse gezeigt hatte, plötzlich wieder auftauchte und Forderungen stellte, suchte sie keinen Kontakt. Sie wich Helga aus und mußte sich doch mit ihr befassen, da sie Teil von Berts Geschichte war. Ihre Liebe zu Bert wurde durch das innere Chaos, das bei allen entstand, als Helga den Sohn zurückforderte, bedroht. Das Zusammenleben mit Bert war schwierig, manchmal war sie nahe daran, aufzugeben, aber dann, zwischen Schwierigkeit und Schwierigkeit, fühlte sie sich wieder überraschend zufrieden. Es gab nichts zu bereuen oder rückgängig zu machen, sie war auf dem richtigen Platz.

20. September

Als unser Frühling begann, hattest du nur noch ein Jahr des Lebens vor dir. Wir fühlten uns jung und waren voller Pläne.

Am frühen Morgen, ich hatte in dem engen, stickigen Abteil nur wenig geschlafen, schminkte ich mir in der Toilette noch rasch die dunklen Augenränder weg. Als der Zug anhielt, standst du schon auf dem Bahnsteig, in einer blauen wattierten Jacke, mit zerzausten Haaren und morgentränigen Augen. Es war tiefer Winter und kalt. Ein Junge schlief stehend an deiner Hand, meine Töchter starrten dich an, rührten sich nicht.

Aber plötzlich, als wir beide einander lachend umarmten, wachte alles um uns auf, die Kinder hüpften aufgeregt umher, eine Frau mit schwerem Koffer wich lächelnd aus, der Zugführer winkte. Wir gingen über den Bahnsteig zur Halle und landeten in der erstbesten Cafeteria, tranken heißen Tee und hielten uns an den Händen. Die Kinder bekamen rote Wangen und tauschten die ersten Sätze aus, hinter deinem Rücken nahmen sie Zigaretten aus der Packung, zündeten sie an und rauchten, wir übersahen es, und der Kellner war zu abgebrüht, um sich darüber zu wundern.

Als wir zu Hause waren, ging ich sofort ins Schlafzimmer, wie ein kleines Mädchen ließ ich mich auf das Bett fallen, daß das Gestell gefährlich ächzte. Meine Töchter fanden mich kindisch, überhaupt fanden sie an uns beiden alles ziemlich abwegig, sie tuschelten und schüttelten ihre Köpfe. Du stelltest viel Käse und Wurst, dazu alle möglichen Marmeladen, Aufstriche und Eingelegtes zum Frühstück auf den Tisch. Ich war von deiner Häuslichkeit beeindruckt, genoß deinen Kaffee, der wie ein echter Cappuccino zubereitet war. Von da an warst du der Italiener, denn so sahst du auch aus.

Dann gingen wir ins Bett. Die Kinder kratzten ein wenig von dem harten Schnee auf dem Feld zusammen und warfen ihn ans Fenster, Steinchen klirrten gegen die Scheibe. Sie kicherten und gurrten und spähten durch die geschlossenen Vorhänge, der Schnee reichte nicht für eine richtige Schlacht, die Tür flog auf, und die Kinder sprangen zu uns ins Bett, bewarfen uns mit Kissen.

Am nächsten Abend gingen wir zu einem Silvesterfest, dein Nachbar war dabei und auf Freiersfüßen, er musterte mich. Ich schüttelte Hände, gab Erklärungen ab. Ich hatte noch den Song von Erik Clapton im Ohr, du hattest die Musik aufgelegt, während ich mich angezogen und zurechtgemacht hatte, you look wonderful tonight. Jetzt stand ich unter den vielen Leuten und hatte nur Augen für dich, manchmal verloren wir einander im Trubel, ich schaute mich nach dir um. Du warst unterwegs, die Kinder liefen dir nach, zupften und zerrten an dir. Du brauchtest dich nur hinzusetzen, und die Kinder kletterten auf dir herum. Immer wieder suchtest du mich unter den Leuten, um mir bemerkenswerte Eigenschaften deiner Freunde und Bekannten ins Ohr zu flüstern, der Unterton deiner Stimme wechselte. Demnach hattest du eine Vergangenheit. Auf dem Buffet stand unter anderen Fremdartigkeiten eine Schüssel mit giftgrünem Geleedessert. Ich schüttelte mich. Wir tanzten. Wir saßen in zwei verschiedenen Ecken eines großen Raumes, den Kopf an die Wand gelehnt, unsere Blicke suchten einander, und einmal ließest du dich fast vom Stuhl fallen. Was du sagen wolltest, war: Ich kann es nicht fassen, du bist bei mir.

Als die Silvesterfeuer losgingen, wollte ich mich an dich schmiegen und in die bewegten Farben vor dem Schwarz des Himmels schauen. Aber du konntest die Beine nicht an meiner Seite stillhalten, dein ganzer Körper, deine Stimme begleitete jede einzelne Rakete. Als wir später vor deinem Haus weitere Feuerspiele zündeten, sah ich es: Du stiegst mit auf, du rotiertest mit.

In den folgenden Tagen fuhren wir die Gegend ab. Das flache Land erschien mir verwirrend, die Gegend, die Gehöfte einförmig. Du lehrtest mich die Orientierung nach den Bäumen und Häusern, die drei Buchen, das Wäldchen, die alte Eiche, und nach einiger Zeit glaubte ich zu hören, was du hören konntest: Die Wachhunde der roten Backsteinhöfe – sie waren einander zum Verwechseln ähnlich – kläfften in unterschiedlichen Tonlagen, so wußte man, wo man war. Du erklärtest mir, gleich würde die Abzweigung kommen, die am Maisfeld vorbeiführte, aber vom Mais war nichts zu sehen, es war ja Winter. Einmal fuhr ich zum Einkaufen und mußte dich anrufen, weil ich nicht mehr nach Hause fand.

Auch nachts fuhren wir weg, ins Kino, zum Essen, zu Freunden. Die Freunde wohnten gute zehn Minuten Fahrtzeit entfernt. Du hattest Lust zu rasen und stiegst auf das Gas, quietschend schnitt das Auto die Kurven und immer wieder gerieten die Räder über den Asphalt hinaus, ratterten übers Feld. Ich legte dir eine Hand aufs Herz, du nahmst den Fuß vom Gas, und der Wagen rollte ohne Mühe, ohne Geräusch auf das Haus zu. Wir beschlossen, unseren Besuch aufzuschieben und machten uns im Dunkeln auf den Weg. Wir gingen querfeldein, das Eis in den Furchen krachte leise, es spannte sich hauchdünn über die Erdklumpen und brach unter unseren Schuhen in Stücke. Ich fühlte mich berauscht von der Weite des Himmels, war gefesselt von einem Gefühl des Ausgesetztseins an deiner Hand. Ich war ein Wintertyp. Später nannte ich das Einsamkeit.

Der Nachbar lud uns zu Kaffee und Kuchen ein, in der Runde knisterte es. Du warst zu Hause, aber du warst fremd unter diesen Menschen, ich fand, daß sie mir ähnlicher waren als dir. Ich spürte ihre Neugierde, auch die Unsicherheit, ihre Zurückhaltung, den Norden. Ich spürte, wie sie über dich lächelten und zugleich aufsahen zu dir. Du führtest das große Wort, gingst gestikulierend im Raum hin und her, redetest über dies und das, erschrecktest uns alle mit deinem Lärm, deiner Geschwindigkeit. Ich schaukelte langsam im Lehnsessel und beobachtete euch. Der Nachbar warf mir Seitenblicke zu. Er lebte mit Eltern und Geschwistern in diesem Haus, in seiner gewohnten Umgebung wirkte er anders auf mich als bei dem Fest zwei Tage zuvor, behäbig, lieb, ein zu groß geratenes Kind.

Gerne stieg ich auf den Hochstand im Wald neben dem Haus, maß die Entfernungen zwischen den Zäunen. Die Straße zum Nachbarn war gesäumt von winterlichen Riesen, ihre Stämme waren so dick, daß man sie nicht umfassen konnte. Mild schien sich die feuchte Luft auf alles zu legen, obwohl die Temperaturgrade sehr tief lagen. Oberhalb der Wolkendecke scheint bei uns immer die Sonne, sagtest du einmal, als wäre dies ein Privileg des Nordens, und fast glaubte ich daran, denn bei dir war mir niemals kalt.

Du erzähltest mir von der Nachbarschaft und daß weit entfernte Höfe einander näher stehen als zwei gegenüberliegende Wohnungen in einer Stadt. Häufig ging deine Tür, sie war nie versperrt, und seltsame Leute standen oft brummend oder summend in der Küche und warteten auf Kaffee. Erst als die gefüllten Tassen auf dem Tisch standen, setzten sie sich, manche benutzten nur die äußerste Stuhlkante und gingen doch lange nicht mehr.

Der nächste Ort wäre in meiner Gegend ein Kaff genannt worden, hier machte er sich prächtig und städtisch aus. Das Einkaufen war niemals eine Beschäftigung nebenbei. Man fuhr aus, man ließ sich Zeit, und immer gab es etwas Unerwartetes. Man traf sich. Ich wurde beäugt. In der Wurst- und Käseabteilung war ich rasch die, die seltsame Bestellungen ausgab, die rechten Gewichtmaße nicht kannte. Du zeigtest mir den Briefkasten, der, wie du sagtest, alles über deine Sehnsucht wußte, niemandem was erzählte. Gegenüber der Post war die einzige Buchhandlung, dort sprachen wir mit dem Verkäufer über unsere Wünsche. Er kannte dich, er erwähnte zwei andere Frauen, mit denen du offenbar gerne in die Buchhandlung gegangen warst, und schaute mich dabei prüfend an. Es machte mir nichts aus. Heute frage ich mich, ob er dich je vermißt hat, vielleicht hat er dich für entführt erklärt und diesen bedauerlichen Tatbestand folgerichtig einer Frau zugeschrieben.

Wir waren Gockel und Henne, Katze und Kater. Du stolziertest durch deine Welt, sie schien nur dazu da, mir vorgeführt zu werden, einschließlich der Sträucher im Garten, denen du Blüten andichtetest, damit sie mir gefielen. Ich strich um dich herum, oder lief dir kreischend davon, lockte dich hinter die Mauer, biß dich, warf dich zur Tür hinaus, du kamst durch die Gartentür wieder herein und hieltest mir von hinten die Augen zu. Es war mein erster Besuch bei dir.

Aber abends in der Küche, wenn die Kinder schon schliefen und Kerzen den Raum beleuchteten, wenn meine Füße in deinem Schoß lagen und du sie versonnen streicheltest, überfiel mich manchmal ein seltsames Grauen von weit her. Ich spürte, wie es über die Beine heraufkroch und sich mit kaltem Zittern im Bauchraum ausbreitete, die Brust zusammenschnürte und meiner Kehle einen sandigen Geschmack gab. Ich nagelte das Gefühl fest und versuchte, ihm auf den Grund zu gehen, erforschte dich. Es gab Momente, in denen deine Augen sich nach innen kehrten und zum Nacken hinabfielen, sich die Wirbelsäule entlangtasteten bis zum Steiß, dort ein wenig verloren hängenblieben. Deine Rückseite machte einen kranken Eindruck auf mich, sie schien ein Entsetzen gesammelt und gebannt, von der Vorderseite abgezogen zu haben. Wenn dein Blick zurückkehrte, spürtest du nichts mehr davon, sorgtest dich um meine Angst.

Als wir uns später einmal in einem Wald lieben wollten, hörte ich eine Stimme in mir, sie sagte nein. Hastig vor Begehren fingerte ich nach den Knöpfen deines Hemdes, zog dir die Hosen aus und dich in mich herein. Aber während meine Lust lauter wurde, flüsterte in meinem Inneren unbeirrt die andere Stimme, sie war mir lästig, doch ließ sie sich nicht abschütteln. Ich schüttelte dich ab, daß du ärgerlich wurdest, ich warf dir deine Kleider zu, rückte mich zurecht, schlang meine Arme um die Beine wie ein Kind. Noch während du kopfschüttelnd das Hemd zuknöpftest, meldeten sich Stimmen aus dem Wald und einige Wanderer gingen knapp an uns vorbei, grüßten. Du warst überrascht, ich auch, wir lachten und sprachen noch lange über die Macht der Intuition.

Schon vor Monaten haben wir Erde in dein Grab geschüttet, Blumen gepflanzt, aber erst jetzt begreife ich allmählich, daß es dich nicht mehr gibt. Ich sehe dich auf einem Bahnsteig stehen, mein Zug fährt gleich ab. Ich weiß nichts mehr vom Abschied nach meinem ersten Besuch bei dir, ob er auf einen Morgen oder auf einen Abend fiel, und welcher Bahnhof es war, und welches Gesicht wir dabei machten. Wir begannen, Briefe und Karten zu schreiben. Wir brauchten nur einige Wochen, um uns zu entscheiden, und im März, zu deinem Geburtstag, schickte ich dir unsere Fahne. Die eine Seite sah aus wie Wasser und Himmel, die andere wie Erde und Feuer, wir waren sehr verschieden, doch beide brauchten wir den Wind.

Manchmal, wenn ich um die Ecke biege, sehe ich dich, schreibst du.

28. September

Was anderes sollte ich tun, als Briefe an dich zu schreiben? Sollte ich meine Hände in den Schoß legen? Sollte ich einen Roman erfinden, den sich dort aufhaltenden Lebewesen fremde Namen geben? Sollte ich uns maskieren, mich ins Gebüsch schlagen, Neues erschaffen? Was anderes sollte ich schreiben als Briefe an dich?

Ich habe wieder angefangen, unsere Post zu lesen, ein dickes Bündel fein gezogener Strähnen des Lebens. Richtig fett macht sich das Paket auf meinem Tisch aus. Die vielen Zeilen sind nur Striche, Linien, und doch steht unsere Geschichte satt gedruckt da. Eine Geschichte, wie man sie zu Hunderten findet. Durchkreuzt aber von ganz eigenen Gedankenflügen und Gefühlswindungen, von Ausschlägen und Eindrücken, die ein ähnlich chaotisches Muster ergeben, wie es ein aufsteigender Vogelschwarm zeichnet. Du glaubtest damals in dem wirren Schlag der Flügel – es war ein Bild, das du aus einem Buch ausgeschnitten hattest – die Ordnung der Natur zu erkennen. Alles ist so einfach, jede Bewegung, jedes Wachstum erfolgt in einer alten Ordnung, kehrt wieder als bekanntes Ornament, sagtest du. Überall wiederholt sich alles. Jeder Baum wächst nach vorgegebenem Maß, jeder Ast, jedes Blatt wiederholt und findet sich drein, ohne zu fragen. Nur wir sind es, die das Jeweilige für besonders halten.

Unsere Post ist ein Falke, der die Nord-Süd-Linie fliegt, um sie zu überwinden. Ich werde dich Falke nennen.

Diesen Herbst solltest du sehen! Heute bin ich einen Weg gegangen, der war gesäumt von rostigen Blättermeeren. Es war auf einer Anhöhe, mir zu Füßen lagen glühende Flächen, flammende Zungen leckten den Rand des Weges, und immer wieder mußte ich meinen Blick in einem der Rostmeere kühlen. Ich stellte auch meine wunde Sohle hinein, der Gleichmut der Erde heilte langsam das Brennen. Es ist verblüffend, wie man den Körper in die Erde fallen lassen kann, oder wie die Erde in den Körper steigt, wenn man es zuläßt. All die wunderbaren Flammen solltest du sehen!

Ich war auf dem Berg, den du als den deinen bezeichnet hast. Wie du mit der Seilbahn hochgefahren bist, voller Erregung! Wie du umgestiegen bist in die zweite Bahn, hoch, so hoch es geht! Wie du das erste Mal an den Rand des Gebirges getreten bist, wie der Wind dein Geländer war! Du wußtest, der Wind kann, plötzlich, kehrt machen, und er tut es ohne Warnung. Du wärest hinabgesegelt, sagtest du. Vielleicht hätte dir der Flug Angst gemacht, doch du hättest gewußt, es ist dein Berg.

Dann: Wie du hinausgeschaut hast. Am Rand des Gebirges stehend und ins Gebirge hinein. Deine Augen haben die Horizonte dort drüben gesucht, die Schluchten und die schräg hängenden Flächen, auch die nicht einsehbaren Weiden am Grund. Du hast die Landschaft geprüft und schließlich, ein wenig nur, durchschaut. So hast du dich an exponierter Stelle gebettet gefühlt.

Dieser Landstrich sei dir irgendwann schon einmal sehr nahe gewesen, sagtest du. Dort oben habe ich in unseren Briefen geblättert und gedacht, ich werde dir einige neue schreiben, gerade so viele, wie ich brauche. Wo andere hundert Kerzen anzünden, oder hundert Wallfahrten gehen, hundert Treppen auf den Knien bezwingen, hundert Gebete murmeln, oder sich hundert Mal im Kreis drehen, sich winden, schreibe ich dir Briefe. Ob ich büßen muß, und wofür? Für meine Lust zu leben. Jetzt, wo dein Schutz sich allmählich zurückzieht, erwecke ich dich wieder.

3. Oktober

Ich trage Siebenmeilenstiefel, aber ich gehe nicht weit, der Weg führt im Kreis um dein Grab. Was ich tue, ist gefährlich. Wie kann man an einen Toten schreiben? Als Fiktion? Als launiges, trauriges Selbstgespräch? Selbstquälerisch?

Oder redet die Hilfe, die daraus erwächst, mir ein, so etwas wäre möglich? Es wäre möglich, ein versunkenes Land aus dem Meer zu heben? Schicke ich dir verzweifelt Texte nach, um das Notwendige zu verhindern, um dich an mich zu binden? Und binde nur mich an dich? Versinke ich mit dir? Oder schreibe ich mich los, indem ich in deiner Gestalt die Vergangenheit auf den Plan rufe? Wie im Sterben, so sagt man, noch einmal der Lebensfilm abspult, noch einmal Gericht gehalten wird?

Du wirst diese Briefe nicht lesen. Du hast eine andere Form angenommen, eine Form, in der Geschriebenes, Gedachtes und Vorgestelltes nicht zählt. Dabei ist es wahrscheinlich verfehlt, von Form zu sprechen. Warum wir bloß alles benennen müssen! Jetzt weißt du auch, warum ich diese Briefe schreibe.

Ich wollte mir eine Notiz machen, um mich später an Oriana Fallaci zu erinnern. Ich habe das Schreibbuch mit der Widmung aufgeschlagen, dabei ist mir ein Foto in die Hände gefallen. Du liegst, ein Kissen im Nacken, den Hinterkopf an die Wand gestützt, und liest. Die geknickte Haltung formt dir ein kleines Doppelkinn. Du hast dich nicht rasiert. Deine Nase ist neugierig geöffnet, als gäbe es in dem Buch etwas zu riechen. Deine Augenlider sind nach unten geschlagen, denn du bist auf die Zeilen konzentriert und völlig darin versunken. Aber deine Augenbrauen sind hoch gezogen, und weil die Augenhöhle sich strafft, wellt sich deine Stirn. Die Eindrücke deiner Lektüre sind auf dem Bild gebannt. Es ist, als könnte ich nachzeichnen, was in dir vorgeht, wie dein Gehirn die Zeichen in Bruchteilen von Sekunden entschlüsselt. Es ist, als flögen dir die Buchstaben aus dem Buch zu, als saugtest du sie auf, um sie, wie eine

Maschine, zu verarbeiten. Du produzierst, du schaffst etwas aus diesen Zeichen.

Wie flüchtig sind die Bewegungen hinter deinen Stirnfalten, wie flüchtig die Produkte des Augenblicks! Nichts von dem, was das Bild erzählt, hat überlebt, allenfalls das Buch steht noch da unter deinen Büchern. Und doch, betrachte ich das Bild, kann ich dich lesen, gerade so, wie du liest, und ich lese durch dich das Buch, das ich nicht kenne, lese deine blitzschnellen Gedanken und Empfindungen, als wären sie von Dauer, und meine Lektüre ist flüchtig und im nächsten Augenblick verschwunden. Beliebige Daten einer riesigen Menschendatenbank. Sollte es möglich sein, daß sie irgendwo, auf einer unbekannten Festplatte, gespeichert sind? Da ich den Ort der Daten nicht sicherstelle, kann ich den Tod als Auflösung begreifen.

Ein anderes Bild: Du bist ein Landwirt, die Hände in den Hosentaschen vergraben, im breiten Eingang deiner Lagerhalle, den Blick nach draußen zu mir. Der dich fotografiert, hat dir soeben das Vögelchen gemacht, und dein Kopf ist in seine Richtung geflogen. An deiner rechten Seite stapeln sich die Säcke mit den Früchten, unsere Basisnahrung, viele Säcke, die sich im Dunkeln der Halle nach hinten verlieren. Die Ansicht im Profil verrät deinen gebeugten oberen Rükken. Vielleicht ist unter den nahrhaften Früchten irgendwo der Knüppel im Sack versteckt. Dein Becken steht in einer Linie zum Beton unter deinen Füßen. Du stehst fest auf dem Boden, obwohl deine Zehen sich unter den Stiefeln ein wenig nach oben krümmen. Wie ein Herr der Kartoffel schaust du aus dem Bild!

Du hast in Wirklichkeit nichts als die Hände in den Taschen und die Stiefel auf dem Boden, denn du bist hier der, der Kartoffeln einkauft. Trotzdem stehst du da, als lägen deine Ländereien um dich, deine Besitztümer, so, als arbeiteten draußen Männer für dich, als gäbe es Kunden, die für die Früchte bezahlten. So wenig du in Wirklichkeit hast, du siehst aus wie einer, der die Felder bestellt, das Wachsen befördert. Und so ist es ja auch, vieles hast du wachsen gesehen unter deinen Händen, viel Nahrung hast du ausgeteilt an deine Freunde, dein Kind. So gesehen warst du ein Besitzender. Als ich einmal über deine Güter scherzte, über Haus und Hof und Vieh, hast du gelacht, Knüppel aus dem Sack, hast du gesagt, du hast meine Gedanken nicht erraten, meine Bewunderung übersehen.

Manche Besitzer wissen nichts darüber, sie führen nicht Buch, nicht Pacht und Zins. Sie sterben früh. Wir erben.

11. Oktober

Dieser Herbst kämmt sich die Roßkastanien wie Ballast aus dem stolzen Gefieder! Ich bin die Allee hinuntergegangen, habe die makellosen Kastanien eingesammelt und mitgenommen.

Reihenweise fallen die Fotos aus den alten Büchern, ich fahre mit Bildern fort: Wieder bist du allein. Ein Eck der dunkelblauen Kühlerhaube steht im Vordergrund des Gartens, oder ist es ein runder Tisch, auf dem ein blaues Plastiktischtuch liegt? So blau wie die kurze Hose, die du trägst. Um dich liegt Spielzeug im Gras. Du stehst auf dem rechten Bein, das andere daneben, abgewinkelt wie bei einem Spieler. Du bist bereit, wartest auf einen, der da sicher kommt. Aber der Hammer in deiner Rechten ist klein, ein Spielzeughammer. Dein Kinn, die Brust fordern heraus, am Zwerchfell spielen die Muskeln, aber wenn der Gegner im Sturm gegen dich läuft, kippst du um. Der Gegner ist allenfalls eine Frau, allenfalls ein Kind. Der Gegner ist dein Mißmut, gleich schlägst du mit dem Hammer auf den Tisch, das Auto ein. Lieber als im Gras bereit zu stehen, möchtest du dich darin wälzen.

Leg dich doch hin! Laß den Hammer fallen und geh in die Knie! Such mit deinen Händen den Garten nach der Stelle ab, die dir behagt! Du läßt dich auf den Rücken rollen, schließt die Augen, filterst das Sonnenlicht durch deine Lider. In der Entspannung zittern die Muskeln leicht unter der Haut, und die Brusthaare, eben noch bedrohlich aufgerichtet, rollen sich sanft auf dir ein. Der Raum in deinem Becken weitet sich, die Schenkel fallen auseinander.

Ich sehe deinen Kopf, wie er sich leicht zur Seite neigt, während die Erhebung unter deinen Brauen nachgibt, die Stirn sich glättet, zurückfällt. Dein Unterkiefer öffnet dir den Mund.

So beruhigt kannst du warten. Ich werde mich zu dir legen, irgendwann.

15. Oktober

Es wird Zeit, unsere Post zu sortieren. Ich stelle Unordnung fest, die Briefe tragen kein Datum. Manchmal steht auf einem Blatt: Montag, nachdem wir. Oder: zwölf Uhr nachts, bevor ich dich. Die Briefe knüpfen an Briefe, Telefongespräche und Besuche an, und an die Stromstöße Nord-Süd-Nord, die unsere Verbindung über tausend Kilometer halten, traumgleich wie der Flügelschlag eines Falken, der sich aufgemacht hat, ohne es zu entscheiden. Einen Kalender haben wir nicht, wir sind uns unsere eigene Zeit.

So ordne ich wie ein Goldschürfer, der das Glitzernde vom Matten trennt und Schönheit aus dem Gewöhnlichen schöpft. Staub und Sand fallen ab, das Gesuchte wird ausgeschwemmt und liegt verlockend in meiner Hand. Ich sehe, selbst die Schlacken tragen den Schimmer des Goldes davon, und manchmal dreht sich das Verhältnis, und ich finde in den Schlacken den Schatz, den ich suche, überlasse das Gold dem Boden.

Meine Ordnung ist die eines Zoom-Objektivs, ich filtere die Bilder aus, was ich heranziehe, braucht kein Vorher, kein Danach.

Immer werde ich deine Sätze mit Genuß lesen und den Zungenschlag des Nordens darin hören. Auch werden jetzt, da ich mehr weiß, deine Worte vom Blick des Mannes in der Tür begleitet sein. So tragen sie in zweierlei Hinsicht den fremden Akzent. Du hast an der Grenze gestanden und mich eingeladen, die Grenze zu betreten.

Du bist zu Beginn unserer Liebe am Ende deines Lebens gestanden, als einen Mann in der Tür habe ich dich im Traum gesehen. Daraus läßt sich vieles lesen, doch eine Version gefällt mir besonders. Du warst schon beinahe drüben, als jemand dich gerufen hat. Du hast den Ton gehört und dich darauf besonnen, noch einiges auf dieser Seite zu erledigen, noch einiges entgegenzunehmen, um reicher dorthin zurückzugehen. So möchte ich es gerne sehen.

Mein Herz erhebt sich wie ein Falke in die Luft, steht auf einer deiner Karten zu Beginn.

Die ersten Monate im Leuchtturm standen im Zeichen der nächtlichen Geschichten, mit deren Hilfe sich ihr Leben klarer darstellte, ohne deshalb näher zu rücken. Sie hatte den Aufenthalt in einem Turm über dem Meer gewählt, um sich zu fragen. Die Antworten konnten ausbleiben, aufgeschoben werden. Sie durfte sich nicht erinnern. Sie wollte in die Spiegel fremder Leben schauen, es dabei belassen, die anderen zu beobachten. Sie trank Wasser, aß Kartoffeln und leerte das eigene System mit jedem Tag ein wenig mehr aus. Das Wetter stand Pate und bestimmte den Lauf der Dinge mit. Sie fühlte sich gut.

Einer gab an, nur zehn Minuten darauf zu verwenden, seine Geliebte zu vergessen. Ein anderer machte aus der Geliebten eine Königin, nur um sie später dafür zu verprügeln, weil sie dem Adelsstand nicht entsprach. Wieder einer bezeichnete das Herz seiner Dame als Phänomen, als Charisma. Das Phänomen verflüchtigte sich, das Charisma stellte sich als hohle Größe heraus und das Herz blieb unerkannt. Es gab Männer, die ihre Frauen betrogen, um sich selbst nicht zu begegnen. Es gab Männer, die eine Flüchtigkeit an die andere reihten. Diese Männer beklagten ihr Unglück, die Schuld suchten sie bei den Frauen. Andere hatten geliebt und doch betrogen, jetzt konnten sie nichts anderes mehr denken als daß das Glück an die eine gebunden war. Sie machten einen neuen Versuch und wieder einen und noch einen, um festzustellen, daß keine war wie die erste. Männer telefonierten lieber und bezahlten hohe Rechnungen, um niemandem nahezukommen. Männer wollten Kinder und waren doch nur mit Männern zusammen. Männer erstachen ihre Frauen aus Eifersucht, Männer trieben die Frauen aus dem Haus. Männer töteten ihre Freier, um deren Macht zu entkommen. Männer hielten sich Sklaven. Männer vergewaltigten ihre Töchter, ihre Frauen. Männer vergewaltigten fremde Frauen. Männer mochten es gerne, andere leiden zu sehen. Männer wollten es bringen und konnten nicht. Männer stahlen sich davon, sobald es heiß wurde. Männer griffen zu Gewalt, weil sie klein waren. Männer legten Hand an sich, weil sie die Mutter haßten. Männer ohrfeigten Frauen, weil sie sie an die eigene Mutter erinnerten. Männer redeten über alles mit allen, nur nicht mit ihren Frauen. Männer hörten ihren Frauen nicht zu. Männer verbündeten sich mit Männern gegen die Frauen. Männer demütigten ihre Söhne. Männer hatten Macht und vernichteten alles, was die Alleinherrschaft bedrohte. Männer waren glücklich mit ihren Frauen, schauten aber auf jene herab, die kein Glück hatten. Männer liebten ihre Kinder mehr als sich selbst. Männer liebten ihre Frauen mehr als sich selbst. Männer liebten nichts und niemanden.

Eine Frau behauptete, ihren Mann halten zu wollen, aber sie machte ihm nur Vorwürfe. Eine andere Frau litt ihrem Mann jahrzehntelang etwas vor. Der Mann war der Zaungast ihres Leidens, das Leiden wichtiger als alles andere. Wieder eine wollte die Tochter ihres Mannes sein, sich bevatern lassen. Es gab solche, die nicht einen Mann, sondern einen Diener wollten. Es gab andere, die dumm blieben und sich beschwerten, für dumm gehalten zu werden. Es gab welche, die behaupteten, an jedem Finger drei haben zu können. Es gab andere, die den Mann nach Maß verlangten, sie fanden keinen. Sie gingen täglich unter die Leute, um Maß zu nehmen, daß keiner paßte, war nicht ihre Schuld. Frauen, die einen Mann hatten, den sie formen wollten. Frauen, die einen guten Mann hatten und ihn doch verließen. Einige Frauen entzogen sich ihren Männern. Andere liebten einen und schliefen mit allen. Frauen, die die Männer nach Strich und Faden belogen. Frauen, die Probleme hatten und Mann und Kinder dafür verantwortlich machten. Frauen, die den Mann zur Schnecke machten. Frauen, die die Männer umgarnten. Frauen, die selbstmordgefährdet waren, aber wegen ihrer Kinder blieben. Frauen, die zuschlugen und zurückschlugen. Frauen, die flohen und doch erwischt wurden. Frauen, die sich an ihren Kindern rächten. Frauen, die sich mit Frauen gegen die Männer verbündeten. Frauen, die ihren Mann haßten, weil er wie der Vater war. Frauen, die ihre Männer verachteten. Frauen, vor denen der Mann kriechen mußte. Frauen, die ewig lächelten und brav waren. Frauen, die sich weigerten, ein eigenständiger Mensch zu sein. Frauen, die andere Frauen verkuppeln wollten. Frauen, die sich immer die Falschen aussuchten. Frauen, die den Mann liebten, der sie verprügelte. Frauen, die auf den Strich gingen. Frauen, die alles taten, damit einer bei ihnen blieb. Sie hätten dafür gemordet. Frauen, die plötzlich ausrasteten und alles niedermähten. Frauen, die keine Mütter sein wollten. Frauen, die nur Kinder, aber keinen Mann wollten. Frauen, die einmal einen hatten, dann nie wieder. Sie versagten sich das Leben aus angeblicher Treue. Frauen, die häßlich waren und immerzu davon redeten. Frauen, die nur schön waren. Dankbare, allzu dankbare Frauen. Geduldige Frauen, falsche Heilige. Frauen, die nichts sagten, sich verdrückten. Frauen, die es fürchteten, jemandem nahezukommen. Frauen, die kein Risiko eingingen. Frauen, die ihren Männern die Töchter zutrieben. Sie verschlossen die Augen vor dem Leid der Töchter, um ihre Ruhe zu haben. Frauen, die nur Frauen lieben konnten, die Männer links liegenließen. Frauen, die nichts und niemanden schätzten. Frauen, die ihre Freundinnen verrieten. Frauen, die ihre Männer mehr liebten als sich selbst. Frauen, die ihre Kinder mehr liebten als sich selbst. Frauen, die den Kopf nie verloren. Frauen, die nur an der Macht interessiert waren. Frauen, die ihre Macht gegen Männer und Frauen nutzten.

Die Menschen verbrachten viel Zeit mit Erklärungen und Schuldzuweisungen, die, auch jene an die eigene Person, wie Abwehrschilder um sie herumstanden. Sie verhinderten, daß die Protagonisten aus der Tretmühle ihrer Geschichten ausstiegen. Die Schilder sicherten einen Platz ab, und die Menschen wähnten sich in Sicherheit. Sie hatten Gefühle, ja, sie waren befangen in Schuld, beschämt oder erniedrigt, sie triumphierten und sonnten sich in vermeintlichen Siegen, sie fühlten sich verletzt und bedroht, sie hatten Zweifel und zitterten vor Wut, sie waren ihrer Angst ausgeliefert. Manche von ihnen fühlten sich vernichtet, andere kalt und isoliert, ohne Kontakt zu denen, die um sie waren. Wieder andere fühlten sich gejagt, sie haßten sich selbst. Undsoweiter. Aber mit all diesen Gefühlen waren die Menschen doch sicher, so sicher wie ein eingekerkertes Tier. Sie waren sicher in der Illusion um den eigenen Platz, sicher in der scheinbaren Selbstverständlichkeit des eigenen Bezirks. Sie waren jemand und etwas und sonst was.

Sie aber war aus sich herausgestiegen, ihr Platz erschien ihr fragwürdig, unbestimmt, fließend. Kein festes Terrain. Sie war der Blick auf das Meer, sie war die Bewegung der Wolken im Wind, und sie war der Wind. Sie war das Wetter, dessen Veränderungen sie minütlich beobachtete, allein in einem Turm, den sie fühlte, als wäre sie selbst der Stein, der Mörtel, das Holz, der Putz, die Farbe, aus denen er gebaut war. Wenn Erik da war, so schaute sie zur Hälfte mit seinen Augen, mit seinen Augen sah sie sich selbst und ihre Situation. Wenn er sich durch das struppige Haar strich, so war sie seine Finger an der Kopfhaut, umgeben von Haarwolle, fettig wie die der Schafe, die er züchtete. Wenn er die Schuhe abstreifte, so war sie das Leder, das den Holzboden berührte, sie war das Leder, das Eriks Händen entglitt, sie war der Moment des Entgleitens. Sie war die Sitzfläche, die ihren Körper trug, wenn sie dasaß und über die Geschichten der Menschen nachdachte und ihre Erfahrungen durch sich durchließ. Sie verband sich mit den Dingen, als ob sie sie in ihrem eigenen Körper wahrnehmen würde. Manchmal hatte sie den Eindruck, das Drinnen und das Draußen zu sein, alles ohne Unterschied, alles zugleich. Ohne von dieser Unbestimmtheit gequält zu sein, nur leicht, durchsichtig, ohne Gewicht.

19. Oktober

Lebe ich bei dir, oder du bei mir, oder leben wir an einem neuen Ort gemeinsam? So widersprüchlich wir uns in dieser Frage bewegten, so wenig Widerspruch zeigte die Frage selbst. Ein lockendes Arbeitsangebot hier, ein schöner großer Garten, ein Wald im Garten da, verschiedene Interessen schienen einander zu widersprechen, doch schließlich wollten wir zusammenleben, und das war klar und einfach. Wir sahen, daß es klar und einfach war, doch wir sagten, es sei schwierig und kompliziert. Die Wahrheit ist, wir lebten bereits, du dort, ich da, zusammen. Am Ende sind die Widersprüche das Geschenk, von dem du sprachst. Vieles schwingt darin mit, und es ist gut, vor sich selbst auf der Hut zu sein: unsere Abhängigkeiten, die Angst zu verlieren, die Angst zu versagen, der Trotz: nicht ich.

Mein zweiter Besuch bei dir, und wieder reise ich ab. Bis zu dem Zeitpunkt, da der Zug abfährt, stehen wir einander reglos gegenüber, getrennt durch die Fensterscheibe meines Abteils. Ich konnte dich im Zug gar nicht sehen, das Fensterglas reflektierte so stark, schickst du mir auf einer Postkarte nach. Eigenartig, ich spürte deinen Blick auf mir, er suchte nicht, er schirmte nicht ab. Was du wohl gesehen hast in mir, auf dem Stück Scheibe? Du warst so schön heute morgen, eine aufgeblühte Rose, ich habe Hessenkrallen und Montageschwamm für unsere Baustelle besorgt und freue mich darauf, das große Fenster einzubauen, schreibst du weiter.

Wir sitzen wieder beim Italiener, ich pflege meine Traurigkeit, heißt es auf einer anderen Karte. Oft gehe ich durch die Straßen und schaue die Fassaden hoch, taste sie ab nach schönen Fenstern. Eine Gewohnheit, so alt wie die Arbeit an unserem Haus. Ich weiß noch, wie ich bei meinem zweiten Besuch die Backsteine Stück für Stück wusch, mit einer Stahlbürste und immer wieder gutem Wasser. Ich reichte sie dir wie Edelsteine, und du setztest sie zur Mauer. Daß meine Hände vor Kälte fast unbeweglich waren, machte nicht viel aus. Es gibt Szenenfotos. Das große Fenster war schließlich der zentrale Ort unseres Lebens, es war nie geizig.

Ich sehe, wie du morgens einsteigst und losfährst. Wenn wir zu lange getrödelt haben, nimmst du die halbgefüllte Kaffeetasse mit ins Auto. Ich verfolge dich die Straße entlang. Ich sehe durch das Fenster, wie du wieder ankommst, die leere Tasse, in der sich der Kaffeerest über den Tag festgesetzt hat, in deiner Rechten schlenkerst. Du hebst sie zum Gruß, gehst in den Hühnerstall. Manchmal stellst du zuvor die Tasse draußen ans Fenster, manchmal steht sie dort tagelang. Nach dem Essen setzen wir uns im Zimmer ans Fenster und reden, während ich dir zuhöre, wandern meine Augen die großen Baumkronen entlang. Während ich rede, mißt du das Viereck zwischen Fenster und Stall. Die Ziege hat sich wieder einmal befreit, knabbert an unseren Blumen. Es kommt vor, daß wir Musik auflegen und uns auf dem Bett rollen. Es kommt vor, daß Leute am Fenster stehen und uns dabei zuschauen. Wenn nachts draußen im Wäldchen Feuer gemacht wird, sehe ich, wie die Flammen zurückgehen, Glut entsteht, ich lege die Bratwürste zurecht. Die Kinder sehen uns von drinnen am Feuer, vom Feuer aus entdecken wir drinnen die Kinder. Ich hole Holz aus dem Schuppen und weiß, daß du mich dabei beobachtest. Mit dem Korb voll Holz im Arm fixiere ich, scheinbar grimmig, deine Grimassen. Durchs Fenster fällt mir auf, daß du die Beine seltsam steif hältst, wenn du dich bückst.

Durch das Fenster siehst du mich am Schreibtisch sitzen, Zahlen in den Computer eingeben, du legst beide Handflächen an die Scheibe. Ich tue so, als zeichnete ich die

Lebenslinie deiner Handinnenfläche nach, aber eigentlich sehe ich nur deinen Mund, wie du ihn im Zeitlupentempo zum Kuß formst und zwischen die beiden Daumenspitzen schiebst. Mein Blick sinkt langsam herab auf die untere Fensterkante, wo dein Becken sich vorschiebt, die Hose sich bauscht. Ich gebe dir ein Zeichen, und du kommst herein.

Ich sehe dich am Fenster stehen, gut daß ich den Weg, alle Tritte und Handgriffe schon auswendig kann. Dich fixierend wende ich mich zum Auto und steige ein. Nun sind zwei Scheiben zwischen uns. Die Kinder kommen, stellen sich zu dir, du legst deinen Arm um sie. Ich lasse die Scheibenwischer laufen, um Klarheit zu schaffen, drinnen verschmieren die Kinder den Schweiß der Hände auf dem Glas. Dein Gesicht schwebt über einem matten Fleck, der Scheibenwischer fährt über dich. Ich habe es eilig, fahre nicht los.

Wir kommen an, die Kinder stürmen aus dem Auto, verschwinden hinter dem Haus. Ich stemme die Arme gegen das Lenkrad, ich bin steif von der Fahrt und strecke meinen Rücken. Du kramst im Rucksack nach deinem Tabak, drehst dir eine Zigarette, öffnest das Wagenfenster. Ich sehe, im Zimmer ist es dunkel, die späte Sonne reflektiert die Bäume in der Scheibe. Wir führen ein leises Gespräch, es wird Nacht. Erst als die Kinder Hunger melden, steigen wir aus.

24. Oktober

Wenn der Sommer beschlossen hatte, es uns schwer zu machen, so hat es der Herbst darauf angelegt, uns zu trennen. Ich kehrte mit meinen Kindern von der Reise zurück zu dir. Du hattest bereits die Arbeit getan, alle Äpfel zu Saft gepreßt. Tagelang, wochenlang war sonniges, klares Wetter. Wir fuhren oft und lange mit dem Fahrrad, du erklärtest jeden Baum und jeden Strauch für mich. Ich fing an, meine Widerstände zu verwandeln, meinen Platz einzunehmen. Tagsüber war ich Kriegerin, ich herrschte. Nachts lernten wir, die Kampflust unserer Körper zurückzulassen, gaben den zarten, fließenden Bewegungen mehr Raum. Du hattest deinen Arbeitsrhythmus gefunden, du warst ein glücklicher Mann und viel bei uns. Ich hörte auf, mich zu verfahren, immer fand ich allein den Weg nach Hause. Und es kam vor, daß wir, dein Sohn und ich, dasaßen und ein friedliches Gespräch führten.

Am ersten Abend nach meiner Rückkehr ließen wir die Lichter und das Feuer ausgehen. Es war noch nicht wirklich kalt, wir wollten im Kühlen besser schlafen. Wir hatten nichts vereinbart, aber wir feierten ein Fest, das unvergeßliche Teppichfest vor dem Sternenhimmel unseres Fenster.

Im Herbst wurde das Stück Teppich zum wiederholten Festplatz, zwei Mal wöchentlich Video- und Rouletteabende für die Freunde, der Ofen wurde geheizt bis er glühte, alle wunderten sich darüber, wieviel Wärme ich brauchte. Gemeinsam genossen wir weit und breit einen guten Ruf.

Über diesen letzten Satz hättest du gelächelt und auf meine Bürgerlichkeit verwiesen.

Wir fuhren häufig ins Kino, um aus dem Haus zu kommen. Den ganzen Tag über war Krieg unter den Kindern, meistens schwelte er vor sich hin, entlud sich in Drohungen und in Geschrei, einmal am Tag brach der Kampf offen aus, Gefahr, Gewalt. Doch die Mädchen hatten aufgehört, nur Opfer zu sein. Die Kinder entfachten ein Feuer nach dem anderen, eine neue Leidenschaft loderte, die alte glühte. Die Kaffeegespräche am Mittag widmeten wir der Frage, wie Holz einzusparen war, oder wie das Holz wegzusperren war, welche Holzverteilung wir vorschlagen sollten, um weitere Brände zu verhindern. Hausordnungen, die die Kinder selbst schrieben, wurden eingeführt, nicht eingehalten. Ich war müde, aber unbekümmert.

Dann kam der Brief. Zuerst wirkte er harmlos, du gabst ihn mir zu lesen, legtest ihn dann weg. Du schienst beschlossen zu haben, ihn nicht zu beachten. Der Brief enthielt die eine Bedingung, die dir Angst machte. Es schien, als hättest du keine Angst. So machten wir weiter unsere Radtouren und wir machten Holz, mehr Holz. Es sollte warm sein für uns, und es sollte Überfluß herrschen, genug für alle. Niemand sollte Krieg führen müssen, um das zurückzuerobern, was er verloren hatte, um das zu bekommen, was er brauchte. Aber der weggelegte Brief nagte und sägte im Geheimen an dir. Erst später sahen wir, daß es die Last der Vergangenheit war, die jetzt unser Nest zauste.

Warum war der Sommer schwierig gewesen? Der Sommer verbirgt entschlossen seine Früchte im dichten Gefieder.

25. Oktober

Einmal hast du mir eine Karte mit einer halbbekleideten Frau geschickt, die scharfe Tina! stand vorne auf dem Bild zu lesen. Du hattest recht, so wollte ich insgeheim sein, wahrlich cool und möglichst blond, die Taille wie ein Faden. Und wie froh war ich andererseits, daß du mir einen Strich durch die Rechnung und einen weichen Bauch gemacht hast. Mit dir war ich so gar nicht cool.

Deine Stimme ist heute ein Faden, pflegtest du zu sagen, wenn ich zu schwach war, um meinen Willen vernehmbar durchs Telefonkabel zu pressen. Mich verwirrte, daß wir einander brauchten. Doch du hattest dagegen nichts einzuwenden: Einander brauchen heißt, einander nahetreten. Einander brauchen heißt, das bloß schöne Bild fallenzulassen und bereit sein für die Wirklichkeit des anderen. Meine Liebe ist kein hübsches Zuckerherz, sie setzt sich aus Stärken und Schwächen zusammen. Schreibst du.

Ich treffe kaum mutige Männer. Gestern bin ich einem sehr traurigen Mann mit seiner traurigen Frau begegnet. Sie segelten durch dunkle leere Säle, gingen einmal da, einmal dort vor Anker. Wo sie sich trafen, schlugen die Funken matt in den Himmel, die Kraft reichte gerade noch für ein bißchen Schuldzuweisung, für ein kokettes kleines Abenteuer mit dem Leiden an der Langeweile.

Ich treffe kaum mutige Frauen. Wir Frauen verschanzen uns gerne, spucken ein wenig Verachtung aus den verführerischen Öffnungen unserer Burg. Ich treffe immer wieder

Frauen, die in ihren Schlössern sitzen, der Knecht ist ausgeritten, sie sitzen da, klöppeln Spitzen für die Brautnacht mit dem Prinzen, doch der Prinz kommt nie.

Ich hatte einen so guten Tag, alles war drin, das Aufwachen nach unserem gestrigen Telefongespräch, das Kind in bester Laune verabschiedet, von Erik in den Wald abgeholt worden, mittags Türen gestapelt, anschließend Elternsprechtag, ich mußte mir einiges anhören, schließlich habe ich eine afrikanische Ansichtskarte einer seltenen Schreiberin bekommen, vier Tänzer nach einer Trommel, für mich faszinierend die großen, klumpenartigen Füße trotz ekstatischer Bewegungen, schreibst du.

Du hast die Karte gemocht und sie auf die Pinnwand in der Küche geheftet. Als ich zufällig auf die Ergänzung dazu traf, einen, wie wir ihn später nannten, sagenhaften afrikanischen Luftsprung, widmete ich ihn sofort dir. Schwarze Tänzerinnen, mehrere Trommeln, und hoch sprangen diese schwerbrüstigen, breithintrigen Frauen, daß der sandige Boden unter ihnen beinahe verschwand! Dabei reckten sie ihre verzückten Gesichter dem Himmel zu, anmutige, breite, geöffnete Nasen über Mündern, die wie saftig angebissene Früchte erschienen, und vom Lachen geformte Mondsichelaugen. Ich taufte das Bild Das Leben, es hing neben dem anderen in der Küche, und manchmal, wenn wir in einen Sumpf zu geraten drohten, deuteten wir mit dem Finger darauf, bliesen einmal die Luft aus und wandten uns dem zu, was gerade zu tun war. Zum Beispiel der Arbeit an den Kochtöpfen, es gab Frikadellen aus dem ausgehauchten Leben der Schafe des Nachbarn. Heute steht Der Luftsprung auf meinem Regal, ich koche keine Frikadellen mehr, sondern Fleischlaibchen, betrachte das Leben nach wie vor gerne.

5. November

Am Freitag um siebzehn Uhr, bittest du: noch zwei Bilder! Ich drehe die Karte um, du schickst mir eine Clematis, die blaue Blume der Romantik. Was offenbar eine Vase sein soll, sieht aus wie ein geöffnetes Ei, die zerfledderte Blüte schließt dem Ei die Öffnung, ihre Blütenblätter stülpen sich über die zarten Schalenränder, deuten in den Raum hinaus, spitz und zerfahren sehen sie aus. Die Clematis sticht die Betrachterin mit den spitzen Enden der Blüten: Du sollst mich wahrnehmen, sagt die Blume, sieh meine Schönheit, sie ist vergänglich! Die Blüte jammert, läßt einige blaue Blätter fallen und färbt sie braun, die herabgefallenen Blätter krümmen sich im Todeskampf um den Vasenboden herum, wie um das drohende Aussterben zu demonstrieren. Wenn du nicht gleich deinen Finger in meinen Blütenstaub tunkst, ist alles vorbei, seufzt die Blume mit letzter Kraft, so daß die Betrachterin unwillkürlich den Befehl ausführt, um weitere Existenz zu sichern.

Ich trete hinaus, spicke imaginären Blütenstaub von meiner Fingerspitze übers Balkongeländer.

Ich hätte mir einmal den Spaß machen sollen, eine Abmagerungskur zu machen, mir die Haare weißblond zu färben und jede Unregelmäßigkeit auf meiner Haut mit Farben zu überdecken. So wäre ich, perfekt, am frühen Morgen aus dem Zug gestiegen, die Lackhandtasche schwenkend: Ein etwas zerknautschter Mann läuft suchend an mir vorbei, ich lehne mich an eine der Stahlsäulen dort und beobachte, wie die Menschen allmählich den Bahnsteig verlassen, während der mittlerweile verzweifelte Mann rasch Waggon für Waggon abgeht und schließlich fassungslos feststellt, daß außer der kühlen Blonden kein menschliches Wesen den grauen Morgenort bevölkert. Er starrt mich an. Dieser skeptische Blick! Dieses fragende Aufmichzukommen! Jetzt strecke ich den Mittelfinger der rechten Hand, wie Tina es tut, vor meinem Gesicht in die Höhe. Doch der Mann läßt sich nicht zum Schatten machen, er ballt nicht die Faust und stößt mich nicht in den Zug zurück, er zerrt mich nicht an einer Hand über den Bahnsteig. Der Mann läßt mich auch nicht stehen, er zeigt mir nicht die kalte Schulter, vielmehr kommt er geradewegs auf mich zu, um mich samt Kunsthaar und

Lacktasche zu umarmen. So prüft er und erkennt mich, kopfschüttelnd nimmt er mich mit.

Geliebter Falke, du kennst so gut wie ich die Selbstverachtung, weißt, wie geschickt sie sich tarnt. Als nagendes Hungergefühl etwa, als Hilflosigkeit, Jämmerlichkeit. Oder als Machtgebärde: kalte Rolle, Unnahbarkeit, Starrheit, Strenge, Mordlust.

Weißt du noch, wie wir uns damals, bei meinem zweiten Besuch im Norden, verpaßten? Du warst zu spät aufgestanden, ich war in den falschen Zug umgestiegen. Wir verschwendeten den Vormittag mit Suchen, als wir dann endlich zusammen waren, querten wir den Bahnhofsplatz und gingen ins Überseemuseum. So viel Geschichte, Strecke und Weite dieser Ort beherbergt, so sehr ist er bemüht, Höhlen der Geborgenheit anzubieten, ein rechter Platz für Liebende. Nie mehr bis heute habe ich die kleinste Distanz zwischen uns so schmerzhaft empfunden wie im Überseemuseum in Bremen, wo ich meine Füße auf deine stellte, deinen Schritt ging und dich lachend festhielt, um nicht abzurutschen, um dich nie mehr zu verlassen. Waren unsere Kinder dabei?

Gut, daß wir diese Kinder hatten, denn sie haben die Falken davor bewahrt, der Sonne zu nahe zu fliegen und daran zu verbrennen. Was uns beide betrifft, so waren die Kinder sachlich und kühl, mit ihren wieselnden Beinen auf der Erde.

Und weißt du nicht, daß wir die Fahne hatten, damit sie uns den Wind anzeigt? Nicht die Richtung des Windes, nur den Wind. Das waren die beiden Bilder, die ich dir schickte, die zwei Seiten der einen Fahne.

9. November

Es tauchen immer wieder bekannte Fühlschablonen auf, schreibst du. Jetzt, da du nicht mehr lebst, habe ich viele Gelegenheiten, nach der Beschaffenheit meines Elends zu fragen. Ist es naß oder trocken? Ist es dürr oder fett, heiß, kalt, lauwarm? Grau? Ein Tümpel? Eisblau? Ein Wellenschlag, der mich zerfetzt? Oder ein Messer à la guillotine?

Ich frage, wie mein Elend wäre, wenn du mich anders verlassen hättest. Gelber Schwefelgestank? Geifer, Eifersucht, Rachelust? Rot? Zorn?

Ich frage, wie ist das Elend beschaffen, das auf anderes Elend baut? Welches Elend bleibt allein? Welches verbündet sich? Welche Temperatur trägt Argwohn, welche Farbe kleidet die Unterdrückung? Und ist Haß staubig oder flüssig? Stirbt man an Haß, indem man verdurstet, oder krümmt man sich in den Schmerzen seines Gifts? Zischt die Vernichtung auf der Haut oder pfeift sie lautlos durch einen durch?

Das Elend deines Sterbens steckt mir als Messer in der Brust, aber, lieber Falke, es ist meine Fühlschablone, mein Messer. Immer wieder am Tag denke ich mich an die Stelle auf dem Fußboden zurück. Könnte ich schweben. Könnte ich die Schwerkraft aufheben und zärtlich meine Füße über dich gleiten lassen. Könnte ich den Lebensluftsprung machen, dich herausschleudern aus der Reglosigkeit, oder dich zu mir nehmen, dich betten. Ich helfe mir, indem ich jeden meiner Tritte empfinde.

Erstaunlich ist die Spannkraft zwischen Willen und Hingabe. Ein Traumfalke wollte den anderen treffen, wir haben die Distanz, die innere und die äußere, überwunden, tausend Kilometer, eine so geringe Entfernung für Falken.

Schwerbeladen bin ich bei dir angekommen. Der Laster war so hoch, daß er sogar die Zweige der großen Buchen vor dem Fenster streifte. Wir sind aus dem Wagen gesprungen, ihr seid uns entgegengekommen, so haben sich unsere Kinder vermischt. Der Laster trug alle meine Errungenschaften und Sicherheiten, die Kinder trugen die Unsicherheit auf dem Gesicht. Dann hat der Sommer begonnen mit dem Beschluß, es uns nicht leicht zu machen.

Der Sommer ist kein Wertmaß, nicht einmal ein Zeitmaß, ich kenne ihn nicht. Was ich kenne, sind die einzelnen Stunden, das Maß der Tage, die konkreten Erfahrungen. Ich weiß noch die Augenblicke, viele Augenblicke, in denen der sommerliche Tag stillstand. Es waren Momente, in denen unsere

Leben abfallen konnten, in denen wir alleine waren mit uns. Vielleicht sind es diese Erfahrungen, die mir jetzt oft Schwerelosigkeit ermöglichen. Wenn ich allein bin mit dir, fällt mein Leben ab.

Dann, zwischen Morgengrauen und Frühe, hat sich ein Schwarm aus dem Donnervogelklan bei mir niedergelassen, um den Mond der Rast zu beschwören. Ich habe es als Zeichen genommen, daß meine Briefe dich nicht stören.

Du warst so schön! Zuerst, als wir am Platz angelangt waren, hatte ich Sorge, ein Schatten könnte auf uns fallen. Dann aber führten dich die Gestalten so freundlich weg, daß ich mich beruhigt auf den Stein setzen konnte, um zu warten. Als sie wieder aus dem Zelt traten – es war ein weißes Zelt mit länglicher Form, fast wie ein Tunnel – wußte ich, daß es geschehen war. Ich warf einen Blick hinein und sah dich dort liegen. Sie trugen dich heraus auf die Wiese und legten dich auf ein weißes Tuch. Jetzt fingen sie an, deinen Körper zu rasieren, ein schwarzer Pelz fiel wie ein üppiges Gewand von dir ab. Dein nackter, kahler Körper erschien mir so unschuldig, ich trat näher, um nach der Bauchöffnung zu sehen, fand sie schön zur Linie geschlossen. Während deine Freunde kamen und den Platz bevölkerten, zogen dir die Schattengestalten einen schwarzen Anzug an. Die Festtafel war bereitet, sie setzten dich an den Tisch, da fiel mir eine Frage ein, die dich aufsehen ließ. Ja, genau, warum, wolltest du wissen und schautest die Gestalten durchdringend an. Du standest von deinem Sessel auf, taumelnd, denn lange nicht mehr hattest du deine Beine bewegt. Es fiel mir gleich auf, erst dann sah ich, daß dein Gesicht das eines Toten war. Du gingst auf mich zu, schon etwas sicherer, du umarmtest mich zum Tanz, warst übermütig, dein freier Arm schwenkte weit aus, wir drehten uns wild. Erst als du meine Bluse abstreiftest und meine Brust küßtest, erschrak ich, denn ich wußte, du warst mein Mann.

Die Donnervögel sagen, daß die Erneuerung noch aussteht. Sie betonen die Notwendigkeit zu lieben. Erst wenn die Sonne wieder nach Norden wandert, setzen die Jahreszeiten ein, und alles wächst von neuem. Noch ist etwas Zeit für Rast.

Du bist ein Herr des Silbers, sagen die Vögel, und der silberne Himmel, der sich über unser gewöhnliches Firmament spannt, flimmert und schwingt. Als es Zeit war, hoben die Donnervögel lautlos ab, nur das Klingeln der Zitterpappel war zu hören.

Du warst so schön! Wie immer mochte ich es sehr, wenn die haarige Wölbung deines Bauches über meiner glatten Wölbung streifte und sie ein wenig kitzelte. Wie immer verschlangen wir unsere Arme ineinander und streckten sie von uns ab, daß sie gerade auf dem Leintuch lagen. So preßten wir fest die Brust an die andere Brust, und unsere Hälse lagen dicht im leichten Bogen aneinander. Wie immer verbrachten wir unsere reglose Sammelzeit in leichtem Summen, hechelten dann nach Luft, ein jeder für sich. Jetzt lösten wir die Umklammerung der Hälse und wandten uns zueinander, die Augen kamen ins Spiel und glitzerten im Dunkel des Zimmers. Dies war einer jener Augenblicke, wo die Leben von uns abfielen, wo wir erleichtert auf die Welle aufsteigen, sie reiten konnten.

Dann, es war eine Weile nach Mitternacht, hörte ich die Geräusche der Straße, im oberen Stockwerk klingelte das Telefon und die Nachbarin lief aus dem Zimmer in den Flur. Ich ging weiter und hörte dort den Wasserhahn schrammen, da ein leises Weinen, ein Schnarchen, im Erdgeschoß fiel die Tür nach der nächtlichen Ausfahrt zu. Auf der Brücke über dem Fluß beschleunigten die Autos in die Gerade, einer, der da fuhr, bog nicht ab, sondern fuhr frontal den Hügel hinauf und dem Wald zu, wo er vor der schwarzen Wand der Bäume atemlos stehenblieb. Ich spannte weit den Bogen der Geräusche.

Seitlich liegend fühlte ich wieder das Stechen im ungeschützten Rücken, setzte mich auf, trank einen Schluck Wasser, legte mich auf die schmerzende Stelle. Die Donnervögel weckten mich. Oft, wenn ich liege, spüre ich das Löffelchen, das wir nach der Liebe immer waren.

16. November

Ich sehe die Wege vor mir, die ich täglich ging. Aus dem Zimmer über den Flur in die Küche in die Speisekammer an den Tisch hinaus in den Garten die Wiese hinab bis zur Wäscheleine das Stolpern über die eine Wurzel täglich wieder den Wäscheberg zurück die Tabletts mit den Speisen in den Garten auf den Gartentisch die Geschirrberge zurück in die Küche vom Waschbecken zum Schrank das Gemüse aus dem Speicher holen die Messer wetzen die Kartoffeln ins Feuer tragen vom Garten in den Flur die Schultaschen beiseite räumen das Liegengelassene aufheben und in die Kinderzimmer werfen und Spiele stapeln die Teppiche hinaustragen und klopfen den kleinen Weg hinters Haus um Holz zu holen die Tiere anbinden und loslassen die Hennen füttern die Fahrräder umgehen das Holz spalten das Geschirr tragen und von der Küche den Kaffee hinausbalancieren durch die Tür zur Garage den Weg zum Geschäft und über den Parkplatz die Taschen und die Kisten und die Körbe und die Schule mit dem Rasenmäher über die bucklige Wiese die Blumen schneiden die Lebensmittel einräumen Kühltruhe Kühlschrank Schrank Kammer Zimmer Küche Wäscheleine Wäscheberge und Schulaufgaben und Kinder suchen und hinüber zum Nachbarn vorbei in die Scheune zur Schwester des Nachbarn um Fleisch die Kinder stoppen auseinanderhalten eins wegschicken alle wegschicken zum Aufräumen zum Schultor den Lehrer zum Gespräch mit dem Auto weinend über die Feldwege und hinüberlaufen dich suchen und die Freunde bewirten und den Weg in die Dusche dich an der Hand den Büstenhalter schwenken und Wasser und wir aus dem Wasser in die Wiese hinter dem Haus vor dem Haus die Nacht auf der Wiese das Zimmer die Betten klopfen die Matratzen auslüften und Bettwäscheberge nackt auf der Straße hinter dir her und lachen und zurückrobben dich in mir drin robben den Kopf an den Baumstamm gelehnt aufwachen und schnell ins Bett den Wecker die Kleinen heraustreiben und Blumen und die Küche die Spüle und Waschmaschine den Schmutz und die Biotonne reinigen frisches Wasser über den Fußboden leeren den Regen aus dem Haus halten über Pfützen springen und Spinnen von der Decke saugen Käfer hinaustragen und Müll hinaustragen und frische saubere Wäsche in den Schrank und duften und Berge von Lebensmitteln anschleppen von der Kühltruhe zur Scheune zur Speisekammer Töpfe auf dem Herd in die Kinderzimmer eilen und aufs Bett fallen.

So kann ich nicht leben, sagte ich und sah ein Paar Augen aus deinem Gesicht funkeln und wußte, daß es nicht leicht sein würde, dir zu erklären, was nicht sein könne und dürfe, denn die Wege in der Sonne im Regen in der Hitze und Kälte über dem großen nicht endenden Himmel über dem flachen Land und der Nachbar und die Geschirrberge die Rasenmäherkatastrophen und die tägliche Wäsche waren nicht meine Gründe.

Liebstes, immer wieder sagtest du, Liebstes, nun hör doch einmal zu, nun hab doch etwas Geduld. Wir saßen oft unter dem Baum, die Fahne schlug im Takt des Windes, unsere Füße scharrten auf dem Grasboden, ich schaute in die Ferne, gerne lief mein Blick die Horizonte da draußen hinter den Feldern ab, wenn wir unsere Krisengespräche hatten, immer öfter zog ich dich unter den Baum, um zu reden und Klarheit zu schaffen, und dann schaute ich weg und vorbei, und Klarheit war meine Bedingung, und Geduld war deine Bedingung, und du hattest die Beine von dir gestreckt und putztest an deinen Fingernägeln herum. Und ich wollte die Zuständigkeiten neu ordnen, und du wolltest, daß die Dinge sich entwickeln konnten, alles ist neu, sagtest du, und was wir vorhaben, ist groß, sehr viel haben wir vor, mit etwas Geduld werden wir es schaffen. Mit etwas Geduld bin ich nach drei Monaten am Ende, meinte ich, ich kann die ständige Lärmkulisse nicht ertragen, ich muß allein sein können, ich will sie nicht immer streiten hören. Du hattest viel Geduld mit mir, doch du warfst mich immer auf mich selbst zurück, was zeigen sie dir, wolltest du wissen, und warum rennst du weg, sobald etwas nicht deinen Gewohnheiten, deinen Erwartungen entspricht. Ich richtete mich auf, ein paar Tage hielt ich durch, dann war ich wieder erschöpft und übel gelaunt. Es ist, weil ich es nicht kenne, hier zu leben, sagte ich, und: Ich bin einsam, umgeben von vielen Leuten bin ich allein. Das war es nicht, ich log.

Unser Sommer war nicht ein Sommer wie die vorangegangenen, in denen ich mit meinen Kindern den Frieden der Berge genoß. Seit Jahren waren wir es gewohnt, den Sommer auf der Alm bei Maria zu verbringen. Sobald Kindergarten und Schule aus waren, packten wir Koffer und Rucksäcke, fuhren bis zur Seilbahnstation, wo wir das Auto parkten, ließen alles in die Seilbahn transportieren, wir ließen uns und das Sommergepäck hinauffahren bis zur Bergstation, wo Maria mit dem Pferdekarren wartete. Wir luden den Karren voll, die Kinder setzten sich obenauf, bis zur Alm ging es eine halbe Stunde sanft bergab, und wenn wir ankamen, hatten wir einander bereits die wichtigsten Ereignisse des Jahres erzählt, wir machten uns Kaffee und schenkten den Mädchen Milch ein, Maria hatte einen Kuchen gebacken und alles war in Ordnung. Da war nichts in Frage zu stellen, nach dem ersten Austausch der wichtigsten Informationen war nicht mehr viel zu reden, die Arbeit wurde verteilt, und für alle blieb mehr als genug Zeit, um bei sich zu bleiben, um bei den allgemeinen Aussichten und persönlichen Einsichten zu verweilen. Die Kinder hatten alle Freiheit, sie kannten ihre Aufgaben und erledigten sie ohne Murren, denn der Lohn, stundenlang bei den Tieren zu liegen oder unbeobachtet am Bach zu spielen oder tagelang den abgeholzten Baum mit Messern zu bearbeiten, kleine Rundungen und Gestalten aus ihm zu schnitzen, lockte hinter jeder ihrer Verrichtungen. Sie waren weit weg von mir und doch viel näher, als sie es in der Stadt sein konnten, auf der Alm waren die Kinder zwei von vier Frauen, sie waren mit und bei allem dabei. Nie, niemals wären sie auf die Idee gekommen, in der Welt nicht erwünscht zu sein, der Sommer auf der Alm war das Schönste, was sie hatten, denn hier gestalteten sie die Welt. Da waren zweimal am Tag ein paar Töpfe zu schrubben, und das mochte man nicht tun, dazu hatte man nicht viel Lust, aber was machte es, wenn gleich nach den Töpfen der Himmel kam, die Wolken gezählt wurden, den Wolken Tiere angedichtet werden konnten, wenn einem die Käfer in die Zündholzschachtel liefen, als hätten sie nichts Besseres zu tun, und wenn die gebastelten Papierschlangen im Wind über die Böschung liefen, als seien sie Luftgeister, die sich auf Wunsch bewegten, aber gleich niederfielen, sobald man ihnen keine Macht mehr zu geben bereit war. Das Leben auf der Alm war weiblich, nur weiblich.

Ich erinnere mich an die toten Tiere, die die Mädchen auf die Fensterbank unseres Hauses im Norden legten, Ameisen, Käfer, Fliegen, die Fliegen hatten ausgerissene Flügel, die Käfer ausgerissene Beine, die Ameisen waren zerquetscht. Die Tiere wurden größer, tote Vögel lagen auf der Bank im Garten, wurden begraben und ihr Grab wurde mit Blumen geschmückt. Die Mädchen murmelten traurige Gebete. Tote Mäuse wurden mit zitternden Händen hereingetragen und mit vorwurfsvollen Augen hochgehalten, eine Gans lag erdrosselt im Stall, sie wurde nach draußen geschleift und beweint. Die Katze wurde tagelang gesucht und schließlich mit blutiger Schnauze auf dem Feld gefunden. Stall, Haus, Garten, Feld wurden zum schrecklichen Tatort, der Täter gefaßt und gestellt, unsere Welt geriet aus den Fugen. Der Täter aß, was er unter die Finger bekam, er schlang in sich hinein, was er finden konnte, Süßes, Saures, Fettes, egal, Hauptsache, es konnte gekaut und geschluckt werden und füllte den Magen, er spie. Der Tiermörder wurde krank, und wir hofften auf eine Lösung in der Krankheit, auf eine Verarbeitung durch Schwäche, wir glaubten an ein Nachgeben, Aufgeben, sich Dreinfinden. Dann sprachen die Mädchen nicht mehr, sie redeten nur mehr untereinander, nicht mehr mit mir, sie wandten sich ab, sobald ich nach ihnen fragte, liefen davon und versteckten sich, tuschelten. Sie gingen nur mehr zu zweit in den Garten. Sie kamen mit Wunden und Schrammen zurück. Sie hielten Haarbüschel in der Hand und weinten und rannten davon. Ich hörte erstickte Schreie aus dem Zimmer, ein Mädchen war gefesselt, das andere in die Truhe gesperrt. Sie fuhren nicht mehr mit dem Fahrrad, das war gefährlich, ich sah, wie sie vom Rad gezerrt und auf die Straße geworfen wurden, zuerst die eine, dann die andere. Wir hielten Rat, wir redeten auf den Täter ein, wir versuchten, den Täter zur Vernunft zu bringen. Ich gab den Mädchen Trost, du machtest ihnen Mut, jetzt hatten sie Verbündete, an die sie sich halten konnten. Sie wichen nicht mehr von meiner Seite, und war ich einmal nicht im Haus, suchten sie schnell deine Nähe, bis ich wieder da war, links und rechts hielten sie mich am Rock und gingen jeden meiner Schritte zwischen Küche, Kammer, Zimmer und Garten mit. Ich fing an, um mich zu schlagen, ich schlug den Mädchen auf die klammernden Hände und sagte, geht doch weg hier, ich schlug auf den Täter ein, er polterte herein und warf um, was ihm im Wege stand, er trampelte über alles, bis die Sachen kaputt waren. Der Psychologe gab Ratschläge, er sagte, nicht nur der Kleine, auch ich müsse mich ändern, und das war wahr, aber längst war der Sommer gestört, faul. Ich hatte den Täter zum Täter gestempelt und brachte keine Liebe mehr auf.

Nachts schlug ich meist mit Worten, zuweilen mit Fäusten auf dich ein. Nur manchmal, wenn wir beide im Dunkeln bei offenem Fenster lagen und lange redeten, wenn du noch die Kraft hattest, mir die Gewalt aus dem Körper zu streicheln, spürte ich wieder mein Herz. Es löste sich aus der Starre und schlug heftig, Leben kam in das Herz und Verstehen in die Lage, ich faßte Mut, ich entspannte mich in etwas Großzügigkeit hinein, ich dachte, den Mädchen Kraft und Wehren zutrauen zu können, ich sah ein, ich durfte sie nicht nur schützen, sie waren zu zweit und in der Lage, sich selbst zu wehren. Da du mit deinen Händen auf mir warst, konnte ich so denken, aber der Tag kam, und der Tag war wieder ein anderer. Der Tag war voller Wege, die zu gehen waren, er bestand nicht aus Vorsatz und Wunsch, nur aus Tatsachen. Und die Tatsache war mein Haß, die aufbrechende Gewalt in mir, die zahlreichen dunklen, nie gesehenen Stellen meines Inneren. Der Täter war draußen, und von morgens bis abends hämmerte es in meinem Kopf, er treibt mich in den Wahnsinn. Ich reiste mit meinen Töchtern ab.

Eines Nachts kam ein Mann zu ihr und erzählte seine Geschichte auf eine Art, die ihr näher ging als vieles andere. Der Mann setzte sich nicht, er stand am Fußende der Matratze und sprach von oben auf sie herab. Wie immer waren in der Erzählung die vorangehenden Ereignisse ausgeblendet, wie immer begann die Geschichte in der Mitte, oder vielleicht war es der Rand, der aus irgendeinem Grund in die Mitte rücken mußte, oder es war das Ende, das zurückgerollt werden sollte. Der Mann tat ihr leid, wie er so dastand und krampfhaft die Kontrolle zu halten versuchte. Je weiter er mit seiner Geschichte kam, umso deutlicher wurde, wie dünn der Boden war, auf dem er stand.

Ich war unterwegs zu einem Kongreß, meine neue Freundin begleitete mich, sie wollte unbedingt mit. Ich ließ es mir gefallen, obwohl ich diesmal lieber allein gefahren wäre. Sie war nicht gerade das Gelbe vom Ei, das hatte sich bereits herausgestellt, und ich wußte, daß man auf Kongressen durchaus interessante Frauen kennenlernen konnte. Mir war keine gute Ausrede eingefallen, und ich konnte sie wohl schlecht direkt abweisen. Wir kamen abends in Paris an, ich war müde vom Fahren, daher gingen wir nur schnell etwas essen und zogen uns dann zurück in unser Hotelzimmer. Ich merkte wohl, daß meine Freundin gerne noch ausgegangen wäre, hatte aber keine Lust, mich auf ihre Wünsche einzustellen. Vielleicht hätte ich das tun sollen, vielleicht hätten mich ein paar Whiskeys davor bewahrt, diesen Traum zu haben, in dem es um einen Mann ging, der aussah wie ich, aber ER hieß.

ER war natürlich nur groß geschrieben, nicht etwa von großem Körperbau oder gar dick, er sah ja aus wie ich, ein Mann in mittlerer Größe, dunkelhaarig, fast kahlköpfig, grüne Augen, auffallend trainierter Körper für sein Alter. Frauen anzuziehen, war nie ein Problem gewesen, sie liefen ihm im Grunde scharenweise nach. Er hatte das gewisse Etwas, das Frauen offenbar gerne mochten. Jedenfalls war immer eine Frau da, die irgend etwas von ihm wollte, es war meist nicht das, was ihm vorschwebte. Aber zumindest bewahrte es ihn davor, allein zu sein, denn das haßte er. Das hieß nicht, daß er immerzu jemanden um sich haben mußte. Zu wissen, daß eine Frau irgendwo auf ihn wartete, an einem Ort, den er, falls er wollte, jederzeit aufsuchen konnte, beruhigte seine Nerven ungemein.

Er traf sich immer wieder mit verschiedenen Frauen, um mit ihnen zu schlafen. Er machte sich im Grunde nicht sehr viel daraus, aber es gehörte einfach dazu, und er fühlte sich anschließend sehr gut. Nach kurzer Zeit aber wurde ihm mit jeder Frau langweilig. Er hatte das Gefühl, alles zu kennen, was sie im nächsten Moment sagen oder machen würde. Es waren mit jedem Mal weniger Überraschungen dabei, er kam sich allwissend vor, gleichzeitig fühlte er sich ertappt, wenn die Frauen Vertrauen faßten und Fragen nach anderen Frauen stellten. Dann hatte er nur noch den Gedanken, wie komme ich aus der dummen Situation wieder heraus.

Eines Abends kam er mit seiner zehnjährigen Tochter von einem Wochenendbesuch bei seinen Eltern nach Hause zurück. Die Kleine verbrachte dann und wann ein Wochenende mit ihm, ER war neben ihr wirklich groß, klug und stark. Ihre gerade Art, zu ihm aufzusehen, rührte ihn, ein echtes Gefühl der Zuneigung meldete sich, er fühlte sich wie von einer warmen Welle umspült. Er war stolz auf sein großartiges kleines Mädchen! Könnte sie nur immer bei ihm sein! Ahnungslos schloß er die Tür seines Hauses auf und empfand im selben Augenblick so etwas wie einen Schlag ins Gesicht. Ein Anblick völliger Verwüstung bot sich ihm und dem Kind. Er schloß das entsetzt schreiende Mädchen in die Arme und hielt ihm schützend die Hand vor die Augen. Er stellte fest, daß Einbrecher da gewesen waren und alles mitgenommen hatten, was von Wert war, den Rest hatten sie kurz und klein geschlagen. Außerdem hatten sie seine Vorräte aufgegessen, die Essensreste lagen noch herum, Weinflaschen standen leer oder halbvoll in allen Räumen. Es stank nach Kot und Urin. Man hatte sich in seinem Haus niedergelassen. Erst nach einer halben Stunde war er fähig, nach seinem Handy zu kramen und die Polizei anzurufen.

Die Täter wurden nach einigen Monaten gefaßt, ein Algerier war bei dem Einbruch federführend beteiligt gewesen. Obwohl die Polizei scheinbar alles aufklärte, hatte er doch seinen ganz eigenen Film zu dem, was geschehen war. Er war überzeugt, nicht nur ein zufälliges Opfer einer Einbrecherbande geworden zu sein. Er erinnerte sich an die Frau, mit der er vor einem Jahr ein kurzes Verhältnis gehabt hatte. Sie hatte ihn sexuell überdurchschnittlich gereizt, sie war Bodybuilderin gewesen und hatte im selben Club wie er trainiert. Sie war verheiratet mit einem groben Typen, der oft betrunken war und leicht ausfällig wurde. Ihr Mann erfuhr von der Affäre und rief ständig in seiner Wohnung an. Immer häufiger übernachtete sie bei ihm, immer mehr Sachen aus ihrem Besitz blieben in seinem Haus, fast hatte sie sich schon bei ihm eingenistet. Er hatte Angst, sie könne bei ihm einziehen wollen. Als seine Tochter an einem Wochenende zu Besuch kommen sollte und die Frau keine Anstalten machte, das Feld zu räumen, setzte er sie vor die Tür. Er erklärte ihr, daß er mit Drohtelefonaten eines wütenden Ehemannes und mit ihrer niveaulosen Art, sich ihm aufzudrängen, nicht länger leben konnte. Die Frau mußte wohl oder übel zu ihrem unangenehmen Mann zurückkehren, da sie sich keine eigene Wohnung leisten konnte.

Einige Monate danach wartete die Bodybuilderin auf der Straße unterhalb seiner Kanzlei auf ihn. Er wollte schon an ihr vorbeigehen, da winkte sie ihm freundlich zu und verwickelte ihn in ein Gespräch. Sie war sehr liebenswürdig, er hatte den Eindruck, sie habe sich stark verändert. Sie erzählte, daß es ihr sehr gut gehe, und versuchte, auch ihn zum Reden zu bringen. Das Gespräch war nicht unangenehm und als er sich verabschiedete, wiegte er sich in der Gewißheit, alles finde unter seinen Händen ein gutes Ende. Erst nach dem Einbruch fiel ihm ein, daß sie schmunzelnd nach seinen Schlafgewohnheiten gefragt hatte, ob er immer noch bei geöffneten Fenstern schlafe, was man wohl als äußerst lässig ansehen könne, und ob er etwa die kaputten Läden der Balkontür immer noch nicht reparieren habe lassen, was man angesichts der vielen Einbrüche in der Gegend als verrückt bezeichnen müsse.

ER wußte mit einem Mal, sie war es gewesen, sie hatte sich gerächt. Sie hatte sich mit ihrem Mann arrangiert, der Freunde in kriminellen Kreisen hatte, was damals schon bekannt gewesen war. Sie hatte zu einem Einbruch in seinem Haus angestiftet, indem sie den entsprechenden Leuten Tips über seine Person, seinen Besitz und seine Gewohnheiten geben ließ! Er war fassungslos angesichts solcher Bosheit.

Schweißgebadet wachte ich mitten in der Nacht auf, mit IHM in den Knochen. Ich konnte seine Gefühle genau nachvollziehen, denn er war ich. Mich ekelte vor der Frau, mich ekelte vor dem Mann. Außerdem lag neben mir eine Person, die mir vollkommen fremd war, was tat ich hier mit dieser Frau? Ich stand auf und versuchte meine Empfindungen abzuschütteln. Die Frau erwachte und setzte sich im Bett auf, mit ihren wirren Haaren und den geschwollenen Augen bot sie einen abstoßenden Anblick. Ich sagte, wir müssen zurückfahren, ich muß nach Hause zurück. Sie tippte sich an die Stirn und ließ sich wütend wieder aufs Bett fallen. Schweigend packte ich meine Sachen und gab ihr Geld, um mit dem Zug zurückzufahren, grußlos verließ ich das Zimmer. Ich fuhr die ganze Nacht durch und hielt am späten Vormittag vor meinem Haus an. Kein Lastwagen auf meinem Parkplatz, der Schlüssel ohne Widerstand im Schloß, die Halle leer, ordentlich aufgeräumt wie immer. Ich öffnete die Wohnzimmertür, immer noch mit Herzklopfen, mein erster Blick fiel auf das große gerahmte Foto auf der Kommode neben der Lampe mit dem hell gemusterten Schirm. Da war sie, die Liebe meines Lebens: von braunen Haaren umrahmtes Gesichtchen, große Augen, ein schelmisch lächelnder Mund! Ich wollte sie sofort bei mir haben. Ich sollte auf einem Kongreß sein, niemand würde mich vermissen, also konnte ich genauso gut ein paar ruhige Tage im Kreise meiner Familie verbringen. Ich war erschöpft und freute mich auf die Zeit mit meiner Tochter, bald würde ich mich von meinem bösen Traum erholen und ausspannen können.

Die Nacht hatte sich verzogen, Grau lag auf ihrem Zimmer, sie starrte auf die geschlossene Tür und auf den leeren Platz am Fußende ihres Bettes, sie rührte sich nicht. Der geöffnete Fensterladen schlug im Wind gegen die Wand, die Scheibe klirrte leise, sie lauschte dem Geräusch nach und spürte die kühle Luft an ihrem Gesicht und den nackten Armen, die auf der Decke lagen. Ihre Gedanken schweiften zu dem Mädchen und ihrer Mutter, wie mochte die Frau aussehen, und war sie es gewesen, die den Mann verlassen hatte, oder hatte er den Schlußstrich gezogen, war ihm das Familienleben zu eng geworden? Was bewegte das Kind, war es tatsächlich ein Püppchen, das den Vater nur schonte, oder hatte sie, die kleine Prinzessin, auch heftige Gefühle, kannte sie so etwas wie Trotz oder Wut? Wo immer dieses Mädchen sich aufhalten und leben mochte, es sollte so häßlich sein können, wie es wollte. Sie hoffte, daß die Mutter, wenigstens sie, auch die schwierigen Seiten des Kindes aushalten mochte. Die Wut des Kindes sollte die Frau nicht aus der Fassung bringen, sie sollte damit zurecht kommen und begreifen, daß sie das Privileg besaß, dem

Kind Wirklichkeit zu geben. Die Mutter, bei der das Kind lebte, hatte das ganze Kind, das liebe und schutzbedürftige und auch das andere, das rebellische und mächtige, sie hatte ein lebendiges Kind. Der Vater aber hatte ein gerahmtes Foto, dem das Kind bei seinen Besuchen entsprach. Das Bild, die Puppe war im Leben des Vaters das Beste, das Wichtigste.

Der Fensterladen klapperte, die Scheibe klirrte, das Grau verwandelte sich allmählich in ein wärmeres Licht, es wurde Tag. Sie fragte sich, weshalb die Geschichten der Menschen schwer, dunkel, gewaltsam sein mußten, weshalb es in diesen Geschichten nichts Helles und Leichtes gab. Auch auf Schlachtfeldern gab es doch Fanfaren, zumindest etwas Musik, auf jeden Fall gab es dort Gelächter und Siegesgeschrei, oder ein Aufheulen, das den Kämpfenden Mut machen sollte. In den Geschichten der Menschen schienen die Ereignisse aber bleiern schwer zu sein, kaum etwas bewegte sich wirklich voran, man tummelte sich und schlug einander, oder man schlug in die Flucht und floh selbst, aber nichts änderte sich dadurch. Die Menschen mußten lange Zeit, wieder und wieder verletzen, bevor einer aufgab, die Schlacht entschied und damit Sieger wurde.

Die Sonne war aufgegangen, und sie vergaß ihre Gedanken, unbemerkt hatte sich die Helligkeit in ihren Turm geschlichen, es zog sie unwiderstehlich hoch und hinaus. Sie stand auf und wusch sich das glühende Gesicht mit kaltem Wasser, langsam ging sie die Treppe hinunter und über den steinigen Platz zum Strand.

11. November

Du willst, daß ich stundenlang dem Hochzeitsflug der Vögel zuschaue? Aber ich bin doch nicht eine vom Strand, strecke mich nicht in die Dünen, nur um den Bewegungen des Himmels zu folgen! Ich wohne in den Bergen, steige hinauf, laufe bergab, immer muß ich noch eine Spitze erklimmen, um zu sehen. Ich muß doch weiter!

Die Inselzeit ist deine eindrücklichste Vergangenheit ohne uns, sie ist so verrückt gerade. Auf den Inseln bist du jemand, dem hat man die Geleise zickzack gelegt, aber du weißt, wie ein Zug zu fahren hat. Du hebst ab, schaust den Vögeln zu, läßt die Vorgaben hinter dir.

Vielleicht sind es die Dünen der Ostsee, die mich verstehen lassen. Dort bin ich auch im Sand gelaufen und habe mit jedem Tritt die Geleise zerschellt. Nur, meine waren gerade, und mein Zug mußte das Ausscheren lernen. Wir begründeten die gute Gewohnheit, einander in der Mitte zu treffen: Das Wissen darüber wachsen lassen, daß beide Extreme das gleiche sind.

Im Sommer ging es darum, unser beider Terrain zu verteilen. Nicht, daß wir kleinlich gewesen wären, wir waren nur klein und mußten erfahren, wo ich, wo du, wo wir. Freilich vergaßen wir darüber das Werich, das Werdu, manchmal schoben wir es mutwillig beiseite. Ich ging sogar noch einen Schritt weiter, zuweilen wollte ich das Werdu herausprügeln aus dir. Je mehr ich alte Gewohnheiten aufgeben mußte, desto zerfahrener fuhr ich in dich. Ich war nicht mehr die Gleiche, ich hatte da und dort nackte, blinde Stellen, du solltest mir die Lücken füllen. Ich wollte was von dir, aber was? Je mehr ich in dich drang, desto häufiger fielst du aus deinem Stand. Du wolltest keine Lücken füllen, trautest dir aber das Nein nicht zu, machtest Vorwürfe. Was machst du nur? Das war bei uns beiden die nach außen gedrehte Frage ans eigene Herz.

Der Sommer war kein Sommer wie jeder andere, darum erschien er mir schwierig. Meine Angst vor, meine Lust auf, mein Umgang mit Gewalt. Es regnete viel. Die Dachrinne war mit Blättern verstopft, das Wasser stieg gegen das Haus, die Laune sank mit jedem neuen Tümpel. Und doch, wir nahmen unsere Kraft zusammen und verrichteten die Arbeit, und ich war ungeduldig und nur deshalb müde.

Der Sommer war kein Sommer wie jeder andere, darum erschien er mir schwierig. Er war zu riskant, um mein Sommer zu sein. Du warst mir sehr nahe getreten. Ich hatte in meinem Leben viel dichtes Blätterwerk angesammelt, ich war schön, aber davon konnten wir beide nicht abbeißen.

Und doch wurden wir satt, denn wir schafften unsere Voraussetzungen, unsere Klarheit: den Stand festigen, das Terrain verteilen, jedem Kind seinen Platz geben. Unnütze Blätter aus den Zweigen kämmen, die Früchte zum Vorschein bringen, ordnen und bauen, streiten und vergeben, und darin waren wir miteinander und ungestört. Ich machte eine Reise und ich wollte zurück. Das war im frühen Herbst.

Es erübrigt sich zu sagen, daß ich dich mit achtzig Jahren sehr schön finden werde, schreibe ich.

20. November

Zu unserer kleinen Reise im späten Herbst mußte ich dich überreden. Du warst im Stillen bereits sehr angeschlagen, deine Aufmerksamkeit flog häufig weg, weil du alles an dir zusammenhalten mußtest, und so dachtest du an keine Reise, kein Vergnügen, sondern nur an die Lösung des Problems. Die Schwere wurde uns zum größten Hindernis. Es half nicht, täglich alles durchzugehen, Für und Wider abzuwägen und Pläne zu fassen. Sobald du wieder allein warst, stürzte deine Entschlossenheit ab, und eine stumme Ausweglosigkeit hemmte dich. Ich konnte die Enge, in der du warst, nur fühlen, nicht verstehen.

Als wir unsere Sachen für zwei Tage ins Auto packten, wurdest du doch gelöster und freutest dich. Am Morgen kamen Freunde, sie nahmen die Kinder und unsere Anweisungen entgegen, dann winkten wir vor dem Fenster, ließen den Tumult im Zimmer zurück.

Aber erst, als wir außer Sichtweite waren, flogen wir. Die Kraft reichte weit über einen gewöhnlichen Flug hinaus, sie war groß genug für Kapriolen und schnelle Loopings, wir beide konnten abheben und landen, uns vereinigen und wieder loslassen, in raschem Tempo, nur um wieder sehr langsam zu werden, um zu kriechen und zu robben, weil wir das wollten. Wir flogen und robbten, und all das hatte seine Ordnung, unser beider Rhythmus. Aber die Kraft diente nicht nur unserem Spaß, sie reichte auch für den schwierigen Alltag, für das Neue unseres Zusammenlebens, für das Abfangen der Einbrüche, oder für das Ineinandergeraten der Kinder, auch für die Arbeit und das Geld und die Freunde und das Verteilen und Organisieren.

Aber plötzlich hatte es Stop! gemacht, ein Brief war angekommen, dessen Inhalt einen sensiblen Ort in deinem Inneren berührte. Manchmal, wenn eine bestimmte Taste gedrückt wird, geht einem rasch der Sprit aus, die angetippte Stelle saugt blitzschnell alle Energie auf. Wir gaben dem Brief die Macht, unser Leben zu behindern. Heute weiß ich, daß es Dinge gibt, die nicht gemeistert werden können, die allenfalls sich selbst überlassen werden müssen.

Über kleine Straßen fuhren wir schnell dem Elbe-Kanal zu.

Weißt du noch, einmal war ich alleine über die Autobahn gefahren, ich erzählte dir später davon. Ich hatte dich nachts bei einer Raststätte in der Nähe von Augsburg aussteigen lassen und hatte noch gesehen, wie du einen Lastwagenfahrer nach seinem Ziel fragtest. Du warst Richtung Norden gefahren, ich Richtung Süden, die Nacht war hell und klar, nach einer halben Stunde Fahrt berührten die Reifen den Asphalt nicht mehr, ich flog. Und einmal flogst du mir nach Westen entgegen, holtest mich aus den Fängen fremder Menschen. Du standest vor der Universität einer unbekannten deutschen Stadt, schon aus dem Fenster des Labors sah ich dich und konnte es nicht glauben. Ich ließ alles liegen und rannte nach unten, du hieltest mir einfach die Wagentür auf, dein Auto war angefüllt mit unsichtbaren Geschenken, so daß ich einsteigen mußte, obwohl alle Vernunft dagegen sprach. Auch da war die Autobahn merkwürdig glatt und mühelos. Das war vor dem Elbe-Kanal gewesen.

Unsere Autos waren das Werkzeug, um die vielen Kubikmeter Luft zwischen dir und mir zu überwinden. Manchmal war uns ein Kubikzentimeter schon zu viel, und doch: Mir wäre es lieber, ich hätte dich weit weg, als hier bei mir in dieser unseligen Vermischung, schrieb ich einige Wochen, nachdem Helgas Brief angekommen war. Ich legte dir den Zettel aufs Bett.

Auf der Elbfähre zogen dunkle Wolken auf, eine Wetterscheide, sagt man. Dichter Regen begleitete uns die zwei Tage, Schleswig-Holstein war in Nebel gehüllt, kaum sichtbar, nur an der dänischen Grenze war der Himmel so wie bei Nolde, und das war mehr als wir wünschen konnten. Ohne den Regen hätten wir nie den zauberhaften Steglauf machen können! Und ohne den Regen hätten wir uns im Auto nicht wie die Küken im Ei gefühlt, und nie hätte das alte, beinahe ausgediente Fahrzeug so viel Lob erhalten, weil es trotz widriger Bedingungen fuhr und fuhr.

26. November

Das Wetter ist umgeschlagen, es fordert ein Dagegenhalten und erinnert mich wieder an den Holzsteg am Meer. Das Land hat gestern seine Erhebungen in klebriges Weiß getaucht, die Täler fegen uns den Abfall der Natur in die adretten Straßen.

Dort liefen wir gegen eine Wand aus Regen, der Wind warf uns die Wassertropfen wie Nadeln ins Gesicht, und das Meer spiegelte uns die prickelnde Aufregung vor dem Aufruhr. Ich trug den roten schwingenden Mantel, aber als wir triefend zurückgingen, hing er wie ein schwerer Fetzen ausgelaugt an mir herab. Auf dem Parkplatz zogen wir uns aus bis auf die Haut, ich quietschte mehr vor Kälte als vor Vergnügen, und die beschirmten Kurgäste, unsere brave Sittenpolizei, schritten nicht ein, registrierten nur, wie aufregend du meine nasse Wäsche fandest. Im rotgrauen Stoff des Mantels klebte Sand.

Wovor ich mich gefürchtet hatte, ist eingetreten. Ich habe mich zurechtgemacht, habe die Musik laut aufgedreht, gebadet, mich mit Ölen verwöhnt, habe vor dem Spiegel getanzt, schwarze Spitzenwäsche angezogen, schönstes Kleid, glänzende Strümpfe ausgesucht. Ich habe an Mann gedacht, war zu einem Fest eingeladen. Ich wollte mich ablenken, dich für eine Zeit vergessen. Aber dann, vor dem Spiegel, habe ich dir das Glas zum Gruß erhoben, die Handtasche an mich genommen und mich – nach kurzem Zögern – an die Schreibmaschine gesetzt. Der Abend ist damit vergangen, daß ich deine Briefe vor mir ausbreitete, über die Tasten legte und erzittern ließ. Wovor ich mich gefürchtet hatte, ist eingetreten, ich ziehe dich den Lebenden vor. Es war gar nicht so schlimm.

Wenn das Vergangene schwer wird, bricht es mir ab.

30. November

Es hat mich in einen Saal getrieben, in welchem zwei Zigeuner Texte vorlasen. Der Roma war ein sehr schöner Mann, er trug das grauschwarze Haar straff zu einem Zopf gebunden, wiederholt streifte er mit der Brust die Tischkante, um sich dann auf die Lehne zurückfallen zu lassen, ausatmend, und wieder schwang er sich vor zum Tisch. Er hatte etwas Wiegendes an sich, und das eine Auge, welches ein wenig schielte, konnte sehr melancholisch ins Leere blicken. Der feiste Jenische an seiner Seite war so sympathisch, wie es nur Dicke, die auch klug sind, sein können. Er war klar und direkt. Er hielt sich standhaft aufrecht am Tisch, hatte die Schultern ein wenig hochgezogen und die Arme aufgestemmt, nur manchmal strich er sich mit einer Hand unwillkürlich sanft über Kinn oder Wange.

Der Jenische hatte die rote, der Roma die gelbe Körnung in der Haut, beide aber hatten sie ein einziges Thema. Mehr und mehr im Laufe des Abends wirkten sie auf mich wie ein Block jener unerlösten Looser-Mentalität, von der du so oft sprachst. Ich hatte gar keine Waffen mitgebracht und fühlte mich doch zuerst rasch entwaffnet, ließ all die Ungerechtigkeit und Gewalt, die Trauer und die Abgründe der Ausgestoßenen in mich hinein. Zunehmend aber formten sich in meinem Inneren Spieße und Krallen, die die beiden stechen und kratzen, aufschrecken wollten. Beide Sprachen, das Romanes und das Jenische, waren sonderbar schön, und ich ließ die Krallen, wo sie waren, ich war zu feige.

Das widerfährt uns, sagten die beiden. So muß es auch bleiben, schienen sie zu sagen. Wir wollen uns verständlich machen, aber nie werdet ihr begreifen. Es muß sich ändern, aber darauf besteht keine Aussicht. Wir wollen, daß ihr seht, wie anders wir sind. Wir wollen, daß ihr endlich das Leid unserer Rasse anerkennt, denn: Wir sind stolz auf dieses Leid.

In der Arbeitersiedlung, in der du gewohnt hattest, preßten es die Jugendlichen heraus, wir pfeifen auf euch. Und die Väter brummten den Besitzenden in die Biergläser hinein, gebt doch zu, daß wir keine Chance haben. Du warst einer, der auf den Vater pfiff. Du wolltest in jedem Fall das Gegenteil von dem machen, was er tat, aber damit zeigtest du nur, woher du kamst.

Im Märchen bekommt Aladin die Tochter des Scheichs. Im Märchen führt Aladin vor, wie das Unmögliche zu erreichen ist. Es ist die spielerische Hartnäckigkeit, kein Rückschlag darf je als Bestätigung gelten, die zu bestätigende Prägung muß in Humor ertrinken. Der Stolz nimmt dir jede Chance, manchmal bröselt er mit den Jahren und verkommt zur bloßen Eingebildetheit.

Kleinstellen, unwissend tun, Unterwürfigkeit vorspielen, den geheimen Machtanspruch gut verstecken. Verachtung und: Ich zeig's euch. Zu Milde und Schonung manipulieren. Mit Bettleraugen bei Kaffee und Zigarette. Unzufriedenheit, Vergleichen, Bessersein.

Ich bin unfähig, manche Aufgaben zu bewältigen, schreibst du. Und: Ich genieße es, von einer Frau angeschubst zu werden. Dir schreiben ist gleichbedeutend mit: das Liebste, das Schönste, das Aufwühlendste, das Sanfteste, der Zwiespalt, der Gleichklang.

8. Dezember

Ich habe wieder den Film gesehen, in dem die Frau, deren Liebster gestorben ist, sagt: Dein Tod geht weiter.

Er tut es in dem Maße, wie mein Leben weitergeht, so sehr ich lebendig bin, so sehr erhalte ich mir die Verbindung zu dir, nicht als Fessel. Diese Verbindung ist eine ganz andere als die Lebender, sie muß ohne alles auskommen, sie lebt im täglichen Verzicht, fast möchte ich sie als mönchisch bezeichnen. Sie hat keine der vielen alltäglichen Bestätigungen mehr, sie kennt nicht die großen besiegelnden Augenblicke des Glücks, nicht den festen Boden der gegenseitigen Abgrenzung im Streit. Oder die unzähligen winzigen Zeichen der Blicke und Gesten, das aneinander Vorbeigehen, das hintereinander Stehen, das zueinander Sitzen, die Handreichungen, das Komm her, das Geh weg. Selbst jene geheimen Bezeugungen der Zusammengehörigkeit, die jedes Paar pflegt, verflüchtigen sich rasch, wenn sie jemals aufkommen, da das Echo schweigt. Diese Verbindung ist ein außerordentlicher Zustand, genährt nur aus der Sicherheit eines einzigen Gefühls. Es ist kein Ich und Du, kein Ich mit Dir, es hat keine Qualität, keine Farbe und keinen Geruch. Die Verbindung ist die Verschmelzung des Ichs mit dem Du, ein Wissen jenseits der Begriffe. Und daher ist sie auch keine Fessel.

Die Erinnerung an einen Menschen verblaßt, sagt man, und das sei gut so. Ob mit der Erinnerung zugleich auch die Verbindung verblaßt? Nicht, wenn das, was wir waren, ich bin.

Wenn die Erinnerung verblaßt, werde ich aufhören, uns zu benennen. Könnte ich jetzt schon aufhören, die Dinge beim Namen zu nennen, könnte ich ihnen umsomehr ins Auge sehen!

Unzählige Male im Laufe eines Tages, taste ich deinen Körper ab, das, was du nicht mehr bist. Noch lassen sich deine Wärme und dein Geruch heranholen, noch sitzt du da mit der dir eigenen Mimik, noch zündest du dir so typisch die Zigarette an, greifst auf deine Art nach Messer und Gabel, oder sitzt unverwechselbar auf der Toilette, während ich dir zuschaue, noch springst du in den offenen Türrahmen, bist mir mit deinem Lachen eine kalkulierbare Überraschung.

Ich taste auch deinen Verfall ab, kann nicht lassen davon. Deine Veränderung läßt mich seltsam unberührt, deine neue Farbe, dein fremder, stechender Geruch, die Auflösung deiner Gesichtszüge, zu sehen im Zeitraffer meines Films, die Tiere, die sich deiner bemächtigen, das Dunkel deiner Behausung, dein Zurückfallen in das neutrale Allerlei dieser Erde.

So unberührt mich dein Verfall lassen muß, so freundlich zeigt sich mir der Moment deiner endgültigen Gleichheit mit allem, was ist. In dem Augenblick, wo dein Körper sich nicht mehr unterscheidet, bist du eins mit dem, was wächst und was nicht wächst.

Wie beschränkt meine Augen sind, werde ich nie erfahren.

10. Dezember

Dann werde ich wieder einmal in meine Heimatstadt fahren und mich daran erinnern, daß du damals mißgestimmt warst, weil du fast nichts davon zu sehen bekamst. Du warst so neugierig und wolltest überall gleichzeitig hin, zu meinem Elternhaus, an die Pforte der alten Schule, in die Kaffeehäuser und Lokale meiner Vergangenheit. Irgend etwas suchtest du, und fast könnte man denken, ich wollte es dir vorenthalten. Ich wollte dich bei all meinen Besuchen dabeihaben, du solltest der Mann an meiner Seite sein, und die Zeit, einfach durch die Straßen zu gehen und Orte der Kindheit und Jugend aufzusuchen, reichte nicht. Wir kauften für dich den roten Pullover, den ich jetzt wieder angefangen habe zu tragen.

Es war Winter, so wie jetzt, aber in meiner Stadt schaut man dem Winter nicht in die Augen, man schwindelt sich über die Kälte hinweg. Die Mäntel aus feinem Tuch oder Pelz wehen, als wären die Tage schön, leichtfüßig klappern die echtledernen Stiefel über das Kopfsteinpflaster der Altstadt, und selbst die Kopfbedeckungen sind einzig dazu da, den Damen und Herren Eleganz zu verleihen.

Auf dem Obstmarkt trafen wir einen meiner alten Freunde, ich stand da, zwischen dir und ihm, und dachte daran, wie wenig mitgeteilt werden kann von dem, was Bedeutung hat, und nicht nur, weil die Zeit nicht reicht. Ich sagte ihm deinen Namen, und sein Blick verriet, daß er nichts anzufangen wußte damit. So ist es auch dir in den Straßen dort ergangen, du hast mich in dieser Umgebung nicht gefunden, daran hätte auch meine Anstrengung, dir viele Einzelheiten wahrheitsgetreu zu berichten, kaum etwas geändert. Und hätte ich dir gesagt, daß ich die Stadt nicht mag, so hättest du nicht gewußt, welche Geschichte damit verbunden war. Auch eine Stadt-Beschimpfung hätte dich nicht wirklich aufgeklärt.

Damals glaubten wir noch, eine gemeinsame Zukunft zu haben, am Ende warst du mit der Aussicht auf spätere Besuche bei den Verwandten zufrieden. Du suchtest, kurz vor Ladenschluß, den roten Pullover für dich aus, und während wir zu unserem Auto zurückschlenderten, ergründete ich die Atmosphäre der Stadt: Ein Ort offenkundiger Eitelkeit, ein Ort mit viel Boshaftigkeit unter der gemütlichen Oberfläche. Aber meine Abneigung ist letzten Endes nicht mehr als eine Attitüde.

Durch das sonnige Tal mit den kargen Gletscherhängen wäre ich gern mit dir gefahren, hätte mir Entdeckungen versprochen, die zugleich deine und meine gewesen wären. Und vielleicht hätte ich dir auf der Heimfahrt von meiner Stadt erzählen können: Ein paar Geschichtenausschnitte, die uns belustigt hätten, oder die uns traurig nachgehangen wären, die uns in keinem Fall mehr aufgebracht hätten, allenfalls ein wenig gespielte Erregung entfacht hätten. Am Ende hätten wir uns bei einem guten Wirt niedergelassen und die alten Geschichten vergessen.

Wir hatten mehr und mehr die Nase vorn. Immer weniger bewegten wir uns in der Vergangenheit als einem Terrain, das für sich etwas bedeutet, immer unbekümmerter sahen wir in ihr bloß einen ungefähren Hintergrund gegenwärtiger Stimmungen. Die Vergangenheit erschien uns nicht mehr eindeutig zu erfassen oder gar ernstzunehmen, allenfalls eine Fundkiste war sie uns, Omas halbverschimmelter Krimskramskarton unter dem Dach, aus dem man sich eine Episode fischen konnte, um ein Lächeln, ein Sinnieren, ein kurzes Begreifen, das sprichwörtliche Aha beim anderen hervorzukitzeln. Ein Demonstrationsobjekt, aber nie ganz, immer nur in Ausschnitten und Bruchstücken.

Nur manchmal, dann, wenn wir es am wenigsten vermuten, stellt sich uns ein Stück Leben aus früherer Zeit in den Weg und hängt sich an uns wie ein Gewicht, wir haben Angst, und die Angst lähmt uns, wir schütteln das Gewicht nicht ab, sondern machen uns abhängig von dem, was wir Vergangenheit nennen.

Zwanzig Jahre sind vergangen, seit er mich das letzte Mal besucht hat, sagte die Frau mit schwacher Stimme und stöhnte auf. Schmerzen plagten sie, das konnte man hören, doch sagte sie kein Wort darüber. Die Frau hatte sich neben ihrem Lager hingelegt: Auf dem Boden neben ihrer Matratze lag eine Alte und redete. Sie hatte nicht bemerkt, wie die Frau im erleuchteten Türrahmen gestanden und eingetreten war, sie hatte geschlafen. Die Stimme und das Bild der auf dem Rücken liegenden Greisin war plötzlich dagewesen, wieder einmal war sie überrascht worden, einmal mehr überfiel sie das Leben einer anderen. Sie hielt den Atem an und horchte auf die zitternde Stimme dicht neben ihr.

Zwanzig Jahre ist es her, daß Josef in meinem Wohnzimmer gesessen ist und ein Glas Wein in langsamen Schlucken ausgetrunken hat. Er hat gerne Rotwein getrunken, guten, trockenen Rotwein. Ich habe ihm an dem Tag auch Essen aufgetischt, wie ich es immer getan habe, wenn er zu Besuch kam. Ich erinnere mich, daß ich ein besonders gutes Essen zubereitet hatte, Josef hatte wenige Tage davor seinen sechzigsten Geburtstag gefeiert, und ich wollte ihn mit meiner guten Erinnerung überraschen. Also hatte ich gekocht und ein Geschenk vorbereitet, es neben sein Gedeck gelegt. Es ist ein festliches Essen gewesen, ein feierlicher Moment, begleitet von einem guten Gespräch. So ist das oft bei uns gewesen, und am späten Nachmittag ist Josef lächelnd fortgegangen, er werde sich wieder melden, hat er noch gesagt, und es nie getan. Bis zu dem Tag mußte ich nie zu ihm gehen, immer ist er zu mir gekommen. Es war nicht notwendig gewesen, ihn zu einem Besuch aufzufordern, immer ist Josef schon vorher dagewesen. Beinahe zu früh, habe ich manchmal gedacht, wieder ein ganz klein wenig zu früh. Aber so war er, zuvorkommend eben, und sehr verläßlich.

Jetzt, nach so langer Zeit, muß ich den Spieß umdrehen, es gibt keine andere Wahl. Ich habe nicht wirklich daran gezweifelt, daß Josef noch lebt, erst kurz vor meinem Anruf vor wenigen Tagen habe ich gedacht, was ist, wenn er tot ist. Einen kurzen Moment lang hat mich der Gedanke erschreckt, aber dann habe ich schon seine Stimme gehört und gesagt, hallo Josef, ich bin's. Und ich habe ihm erklärt, daß ich ihn unbedingt sprechen muß, daß es wichtig sei. Er hat gesagt, du hast dich nie gemeldet, jetzt ist es zu spät. Ich habe ihm erzählt, daß ich schwer krank bin, daß es dem Ende zugeht. Ich habe damals geheiratet, Herta, hat Josef mit Nachdruck darauf geantwortet, und trotz der Bedeutung, die er in den Satz legte, klang er fast wie ein Geständnis. Ich habe nicht locker gelassen, ich habe ihn angefleht, noch einmal zu kommen, nur für eine Stunde und ein letztes Mal.

Ich bin nicht sicher, ob er kommen wird, ich warte jede Minute. Ich konzentriere mich auf das Wiedersehen und auf das, was ich sagen werde und wie. Es gibt keinen Aufschub mehr, auch das habe ich Josef gesagt, aber er hat mich natürlich nicht verstanden. Wie könnte er auch, er weiß ja nichts, er denkt, was will sie jetzt noch. Josef hat keine Ahnung, und ich, ich muß ihm die Wahrheit sagen. Ich habe nicht gedacht, daß es einmal sein würde, daß es doch heraus muß. Es muß für uns alle sein, für Josef, für Monika, für mich und vielleicht auch für Josefs Frau. Ob er Kinder hat? Wohl kaum. Monika ist jeden Tag hier, sobald Josef alles weiß, wird auch sie erfahren, daß ich gelogen habe, ein Leben lang.

Wir waren nicht mehr jung, als Josef einmal darauf bestanden hat, über Nacht bei mir zu bleiben. Sei nicht fad, Herta, hat er gesagt und einfach mein Bett in Besitz genommen. Ich habe gedacht, gut, es ist also soweit, ich bin bereit, ich will es ja auch. Und so ist es geschehen, und Josef ist mehr als zwei Monate jede Nacht bei mir geblieben. Bis er von Heirat gesprochen hat, da war es plötzlich aus. Ich habe ihm gesagt, daß ich ihn nicht heiraten werde, weil ich ihn nicht liebe. Und daß ich in einen anderen Mann verliebt bin, habe ich gelogen. Josef ist ohne ein Wort aus dem Bett gesprungen und hat das Haus verlassen. Ich habe ihn erst wieder gesehen, als Monika schon ein Kleinkind war. Wir sind dann wieder in regelmäßigen Kontakt getreten. Er hat Monika gern gehabt und oft auf den Arm genommen. Ich habe Josef von einer gescheiterten Beziehung erzählt, und er hat mir geglaubt und mit Monika gespielt. Er hat sich mit ihr beschäftigt, als wäre sie sein Kind. So ist das einige Jahre gegangen, immer wieder habe ich von dem anderen Mann erzählt, der das Kind nicht ausgehalten hat und nach einem Jahr Familienleben spurlos verschwunden ist. Ein verantwortungsloser Mann war das, habe ich gesagt, er ist nicht viel wert gewesen, habe ich Monika angelogen. Josef hat dann eines Tages wieder damit angefangen, daß man doch eigentlich heiraten könne, man könne doch gut miteinander leben, die große Liebe sei ohnehin eine Legende. Und ich habe gesagt, nein Josef, es geht nicht, und ich kann ja auch keine Kinder mehr kriegen, ich bin zu alt.

Josef ist immer wieder zu Besuch gekommen, wenn auch nicht mehr so häufig, und manchmal hat er von den vielen

Kindern gesprochen, die er gerne gehabt hätte. Monika ist herangewachsen, zur Schule gegangen, sie hat die Universität besucht und ist Anwältin geworden. Den Onkel Josef hat sie selbstverständlich hingenommen, als gehöre er zur Familie. Aber als Monika vierundzwanzig war, ist Josef verschwunden. Jahre nach meinem zweiten Nein hat er noch einen Vorstoß in Richtung Heirat gemacht, er hat gesagt, dann wäre Monika, wenigstens Monika, so etwas wie sein eigenes Kind. Dieses Mal habe ich ihn ausgelacht, wir seien doch längst darüber hinaus, wir seien doch schon recht alt und außerdem Freunde, was sonst, habe ich gemeint. Daraufhin habe ich sechs Jahre lang nichts mehr von ihm gehört.

Eines Tages hat Josef angerufen, sich nach uns erkundigt und erzählt, er sei in Afrika gewesen und habe dort gearbeitet, als Ingenieur habe man ihm eine Stelle angeboten, und er habe als alleinstehender und durchaus noch abenteuerlustiger Mann keinen Grund gesehen, sie nicht anzunehmen. Ob er mich besuchen dürfe, hat Josef gefragt. Ich habe ihn für den nächsten Tag eingeladen und zu seinem sechzigsten Geburtstag aufgekocht.

Jetzt ist es das erste Mal, daß ich wirklich etwas von Josef will.

Natürlich habe ich ihn immer gern gesehen, wir haben zahlreiche Gespräche geführt und einander ohne viele Erklärungen verstanden, da gab es überhaupt nichts zu bemängeln. Aber als meinen Mann wollte ich ihn nicht und auch keinen anderen. Ich wollte, schon als ich sehr jung war, gerne ein Kind haben, ja, meine Monika habe ich mir wirklich gewünscht.

An dem Tag vor zwanzig Jahren habe ich beinahe eine Kehrtwendung gemacht und es dann doch nicht getan. Josef war durch seinen Afrikaaufenthalt verändert, er schien jünger zu sein als sechs Jahre davor. Und er hatte das erste Mal in seinem Leben eine Frau, eine Frau, die ihn heiraten wollte. Er hatte eine Afrikanerin in unsere Stadt mitgebracht, das fand ich sehr mutig. Nachdem er mir von der geplanten Hochzeit erzählt hatte, hat er mich ganz unvermittelt direkt angesehen und gesagt, eine Hochzeit könne man aber unter bestimmten Voraussetzungen platzen lassen. Ich habe ihn sofort verstanden. Ich habe gedacht, der Josef ist schon ein guter Mann, und schön ist er obendrein, vielleicht wäre das noch was auf unsere alten Tage. Aber dann habe ich an die Afrikanerin gedacht und mir vorgestellt, wie sie postwendend in ihr Land zurückgeschickt wird, da hat es mir den Magen umgedreht, und ich habe schnell das Thema gewechselt. Es ist nur ein kurzer Moment gewesen, daß ich innerlich geschwankt habe.

Josef war für mich nie ein Problem, das gebe ich gern zu. Er ist gekommen und gegangen, es war gut so. Auch jetzt habe ich keine Angst vor seiner Reaktion, ich habe nur Angst davor, er könnte nicht kommen. Ich muß Josef die Wahrheit sagen, er hat ein Kind, und ich bin an allem schuld. Es ist nicht allein die Wahrheit über Monika, die könnte ich auch Monika sagen, und sie würde Josef nach meinem Tod bestimmt aufsuchen. Das Eingestehen meiner Schuld aber muß Josef selber entgegennehmen, anders bin ich nicht beruhigt. Ich will, daß er kommt, ich wünsche mir nichts sehnlicher als den Moment, in dem er sagt, es ist gut, Herta, es ist schon gut. Ich zweifle nicht daran, daß er das sagen wird, wenn er nur kommt.

Sie lag auf der Matratze und lauschte der Stimme, die immer wieder um Josefs Besuch kreiste, sie wußte plötzlich, die Alte war im Spital und konnte nicht mehr zu Josef gehen. Sie horchte zur Treppe hin, vielleicht waren schon seine Schritte zu hören, das langsame, schleifende Gehen eines achtzigjährigen Mannes, aber da war nur eine schwache Stimme, ein kurzes Stöhnen neben ihr. Sie schlief wieder ein.

16. Dezember

Du bist möglicherweise ein Mosaik, das gleich nach der Geburt auseinandergesprengt wurde, und deine Aufgabe könnte es sein, all die glitzernden, funkelnden Steinchen an ihren angestammten Platz zu bewegen, schreibst du.

Soeben bin ich von einem Abend im großen Stil nach Hause zurückgekehrt. Es wurde des Dichters Georg Trakl gedacht, große schwere Bücher mit komplizierten Zeichen, welche den Niederschlag eines Lebens aufschlüsseln sollen, wurden gereicht. Worte und Sätze und Melodien wurden dargeboten, Menschen, von denen nicht wenige mit einem abschätzigen Achselzucken an dem Dichter vorbeigegangen wären, saßen aufgereiht und lauschten aufmerksam dem Versuch, dem Unmöglichen eine Sprache zu geben. Ein Leben, ein solches wie das Trakls zumal, kann nicht griffig aufbereitet und verstehbar gemacht werden. Doch manche gaben an, berührt zu sein, und einer ließ zuletzt das Urteil fallen, das mich aufheulen ließ: gescheitertes Leben. Nicht nur, daß solche Sätze Dutzendware sind, es ist vor allem die immer gleiche Warte, aus der sie gesprochen werden, die das Mißverständnis bloßlegt.

Noch vorher fiel der Ausdruck dekadent, er ließ mich aufhorchen. Die Wurzel des Wortes wehte mich an, ich folgte den darin enthaltenen Schritten nach unten, wie über eine Kellertreppe, und hinein in Verstrickungen und Entartungen, eine Art Dampffolterkammer, an deren Ausgang die unerklärlichsten Bilder stehen und Staunen, meist aber Entsetzen hervorrufen. Und nur solche Bilder können dort stehen, weil in der Kellerkammer alles, woran wir gewohnt sind, aufgesplittert und aufgeschwemmt, zu neuer Form verzerrt wird.

Ich lauschte den Gedichten Georg Trakls und erinnerte mich daran, daß du einmal im Scherz ein Untergangspoet genannt wurdest, ohne je gedichtet zu haben, und ich hatte Sehnsucht nach diesem Tisch und meinen zum Untergang hin gerichteten Wörtern und Sätzen. An allem, was nicht dem verhafteten Leben entspringt oder ihm eingeebnet werden kann, klebt der Geruch von Jenseitigkeit.

Wir erkannten die Momente sofort, in denen sich zwischen uns der Raum des Jenseits öffnete, den ich nur deshalb so bezeichne, weil meine Antennen meist zu eingezogen sind, als daß ich dessen Allgegenwart wahrnehmen könnte. Wir verharrten sekundenlang darin und horchten und schauten, hörten nichts, sahen nichts, fühlten nur eine Kraft, die unsere Grenzen antastete. Nicht wir suchten den Kontakt zu einem Drüben, wir erlaubten dem Drüben bloß von Zeit zu Zeit, einen Arm nach uns auszustrecken, uns einen Geschmack der Grenzenlosigkeit zu schicken.

Ich erinnere mich genau: Wir saßen in der Küche, du auf der kleinen Bank neben der Obstschüssel, ich auf dem Stuhl, dir zugewandt. Du hattest bloß diesen Einfall gehabt – es schien eine Laune zu sein – das Universum, ein Bild, in zwei Teile zu schneiden und mir einen Teil zu geben, den anderen selbst in die Tasche zu stecken. Ich griff nach meiner Hälfte, sah noch dein Schmunzeln, spürte mein eigenes Lächeln, dann war für Augenblicke jede Empfindung weggefegt, wir saßen nur da, wir beide in einer Kugel, wir starrten einander in die Augen und dahinter, wir waren im Aufleuchten. Dann ließen wir den Moment vorüber und kehrten zum Alltag zurück.

Und der Moment, da ich dir, dem Toten, die Kleider zurechtlegte, Socken, Hose, Hemd, Jackett, deine letzte Ausstattung, setzt sich hierher zu mir. Die Sachen lagen auf dem Tisch, wo jetzt die Schreibmaschine steht, ich griff nach deiner Geldtasche und holte das halbe Universum heraus, es war eine Darstellung aus dem Kartenset, das man dir geschenkt hatte und das dich als Spiel nicht weiter interessierte, so daß du ohne weiteres eine der Karten zerschneiden konntest. Dieses halbe Bild hattest du immer bei dir getragen, und jetzt, in diesem Moment des Abschieds, steckte ich es dir in die Sakkotasche als Gruß. Mir wurde schmerzlich bewußt, daß ich meine Hälfte verloren hatte, als man mir den Geldbeutel gestohlen hatte, gerade ein paar Monate war es her. In meiner Trauer wäre ich bereit gewesen, dir auch meinen Teil des Universums ins Grab zu legen.

Aber die Frau, die in dem Moment bei mir war, hätte mich fragend davon abgehalten. Ich hätte den Unterschied gesehen, der zwischen dem Zulassen zur rechten Zeit und dem Nachhängen, dem Herholen, dem Heranzwingen liegt, ich hätte auch begriffen, daß, was immer du mir geschenkt hattest, bei mir bleiben mußte.

Du bist in meinem Mosaik ein auffallend glitzernder Stein.

9. Jänner

Ihr Brief: Ich hätte, wäre ich an deiner Stelle gewesen, der Machtgebärde eine rasche Antwort versetzt. Ich hätte mir Luft gemacht, hätte zurückgeschlagen, um mich freizuschlagen. Meine Übung wäre es gewesen, aus lebenslanger Lähmung auszusteigen, meine verkarsteten Hüllen aufzubrechen und die vertrockneten Ebenen mit Wasser aus den geöffneten Schleusen zu versorgen.

Du hattest anderes zu tun. Geschlagen hattest du dich in deinem Leben schon oft. Jetzt hattest du Rücksicht zu üben und eine weitreichende Lösung zu finden, die Antwort auf eine Frage, die dir so nicht gestellt wurde, die sich in dir Schritt für Schritt entwickelte und zu Verantwortung kristallisierte. Den Brief konntest du weglegen, er schien harmlos zu sein, nur eine Wiederholung des schon Dagewesenen, eine Zuspitzung allenfalls. Es ging nicht um dich.

Es ging um das Kind. Das Kind gehörte ihr, und das Kind hatte einen unmöglichen Vater, er war falsch und noch einmal falsch. Und doch, der Vater war da, als einziger da bei dem Kind, er versorgte und hütete das Kind, er gab dem Kind und er nahm entgegen von dem Kind, steckte von dem Kind ein. Und der Brief enthielt, daß alles so sein sollte, obwohl es falsch war, und weil es falsch war, konnte es mit Füßen getreten werden, das Falsche und der Schmerz des Falschen löste Demütigungen aus, ließ eine Wut kochen und sich übergießen, sie goß die Wut ihres Versagens über dich, preßte den eigenen Druck weiter an dein Herz, pumpte es voll, laugte es aus und laugte damit doch eigentlich das Kind aus.

Du legtest auch die Bedingung weg, die der Brief enthielt. Eine Bedingung, die dir Angst machte, die nicht einzulösen war, denn du konntest nicht erfüllen, ein anderer zu werden, und wer immer du geworden wärest, du wärest falsch geblieben, weil du es in ihrem Blickwinkel sein mußtest. Also wolltest du, auf der Suche nach weitreichendem Recht, die Bedingung und die Angst vergessen, doch das Gesetz blieb felsenfest, es klemmte dich in die Enge. Du warst bloß der Vater und als solcher nur legitimiert, die Lücke zu füllen, solange sie bestand, und du wußtest, du würdest das Kind zurückgeben, sobald sie, die Mutter, es wollte.

Das Kind raste täglich Schlittschuh in kleinen Räumen, schlug sich Kopf und Glieder an den umherstehenden Wänden wund, schlug auf die anderen ein. Wir schrien auf. Der Junge stand unter Druck und wurde zum rasenden Geschoß, vor allem für die Kleineren, aber auch für uns. Ich beschloß, mitzuentscheiden, indem ich nach einer Entscheidung verlangte. Wir verloren die Geduld, und mit der Geduld verlorst du die Richtung, du schienst jeden Tag noch verwirrter zu sein, und mit jedem Tag verlor ich an Wärme, rang mir umsomehr Klarheit ab.

Ich begann, ein Geheimnis zu hüten: Ich erfand mir ihre Geschichte.

Wir entschieden nicht. Kälte setzte ein, es ging auf Weihnachten zu, wir verbrauchten viel Holz. Auch jetzt ist Winter. Es gibt einen Winter, in dem das Herz friert, und einen, in dem es taut. Ich entschied nur, wieder eine Reise zu machen, den Norden für eine Weile wieder zu verlassen.

17. Jänner

Verbrettert und vernagelt, mir geht den ganzen Tag über so manches Licht auf, schickst du mir auf einer Karte nach.

Es gibt in unserer Post ein Bild, das mich in diesen Tagen nicht losläßt. Eine Fackel steht grün und auf breiter Basis, ihr Feuer speist sich aus dem Grund, sie kanalisiert die Kraft und zeigt der Welt einen Ausläufer, die Flamme, genährt durch Sauerstoff und Erde. Aber das ist nicht alles, der Schaft der Fackel ist nicht dicht, er entläßt sechs Bäche, als flüssiges Metall kehrt das Feuer zum Grund zurück, in der schönen Form eines Brunnens. Nicht Notwendigkeit, sondern selbstverständliches Spiel, Aufsteigen oder Abfließen von Materie, beides ist Teil ihres Seins, und der Schaft birgt das Geheimnis weiterer Formen. Der Boden, auf dem die Fackel steht, ist grün, der Hintergrund schwarz: nicht Hoffnung, nicht Tod, sondern alles und nichts.

Unser Boden enthielte alles, wenn wir ihn nützten, doch dienten wir nichts, keinem Zweck.

Nie genug. Nicht von uns nach dort und nicht von dort nach uns. Enttäuschung, und dann geht es zurück in die Kälte: Abzug. Zurückweichen in den Fingern, Händen, Zehen, Füßen. Das Massieren der Hände und der Füße. Kosmetiksalon. Weiter. Abzug aus den Armen, Schultern, Beinen. Unbeweglichkeit. Weiter. Schmerzende Halsmuskeln, Schlucken. Trockenheit. Das Ausspucken von Sandkörnern, Husten, weiter. Abdampfen in den Kopfraum, Rattern unter dem Schädelbein. Abspeichern, merken, weiter. Kaltes Gesäßfleisch, abgeschlafft. Nulladung Bauch, Totenstarre. Weiter. Stock in der Speiseröhre, Spieß nach unten. Pressen, weiter. Letztes Abflimmern im Brustraum, Schnüren rundum, Seitenpanzer. Weiter, enger. Letzte Etappe: Magengegend vollgestaut. Kapsel, geschlossene harte Hülle, innen kalte Blitze. Keine Färbung von außen mehr. Abzug.

Nun liege ich schon die ganze Nacht wach, schreibe ich. Mein Gehirn rattert, ich habe einen Kloß im Hals. Das falsche Maß erkennen, und zwangsläufig der Weg, und unser Telefongespräch, weil ja doch, wie ich mich gar nicht wirklich, meine Abwehr, unter Tränen, vor allem von mir ausgehe, anfangen, das kannst du machen, schon die ganze Nacht, wie sagtest du noch, kleine Liebenswürdigkeiten, übergehen, selbst den Teller aufladen, ausladen, wer bleiben will, Tumult möglicherweise, die Großangelegten, ist auch egal, und andere haben sich, und schon herausgehört, so wirfst du dich, und mit dir uns, danach zu richten, falls dir, uns einiges erspart, jetzt ein Knick, was kann ich dafür, gar nicht so schwierig, heilen, muß schon mindestens, nicht mehr, kommen und gehen, und noch ist, gelesen haben, und das Gleiche zu sagen, oder vielleicht.

Wer bleiben will, kann bleiben, sagtest du. Als eine subtile Abwehr in meinem Denken war. Und wieder denke ich mich zurück.

Rums, die Haustür knallt, ich stehe im Freien. Gebirge oder Ebene. Es ist kalt, aber die Kälte schmerzt nicht, sondern massiert die verlassenen Zellen meines Körpers, daß langsam wieder Leben einzieht. Das Gehen, die eigene Gangart. Ich beginne, es Einsamkeit zu nennen. Unter den Stiefeln knarrt der Frost. Immer geradeaus über die gefrorenen Felder, Abendlicht, da und dort reißen die Wolken auf. Frische. Wintertyp. Weiter. Wunderbar allein.

Hinter mir Schritte. Eine kleine Hand schiebt sich in meine Jackentasche, dann eine andere, noch eine. Drei Hände in meinen Jackentaschen, drei Kinder trippeln um mich herum, wir drehen uns im Kreis, lachen. Die blecherne Milchkanne scheppert, wir gehen zum Bauern, singen unterwegs ein paar Lieder, wir genießen das Singen im Dunkeln, ich bin die große Hand unter den kleinen, freue mich wieder einmal darüber, der Leithammel zu sein. Du bist ihr ähnlich, schreibst du.

Ein Dreivierteljahr verging rasch, obwohl sie kaum etwas tat, was man im herkömmlichen Sinn als Beschäftigung bezeichnen konnte. Sie bewegte sich im Rhythmus des Wetters, einmal schnell, einmal langsam, laut und leise, gemessen und heftig. Sie horchte in sich hinein, in die Natur hinaus. Sie lief täglich einige Kilometer die Küste entlang, dem Vergangenen davon. Sie füllte den Kopf mit Erfahrungen aus Geschichten, von denen sie dachte, es wären nicht die ihren. Diese Erfahrungen waren fremd, und doch wurde sie das Gefühl einer alten Vertrautheit mit ihnen nicht los.

Ein Mann setzte sich an ihr Lager, und gleich, nachdem er zu sprechen begonnen hatte, spürte sie das Ausmaß seiner Trauer. Der Mann sagte, seine Frau habe ihm jahrzehntelang was vorgelitten und damit sein Leben zerstört. Er erzählte, wie sie eines Tages – für beide unerwartet – den ersten heftigen Schub bekommen hatte. Die Frau hatte seit mehreren Monaten immer wieder über Schmerzen geklagt, in den Beinen und in den Hüften vor allem, aber auch in den Händen. Ihre Hände waren ein wenig gerötet und angeschwollen gewesen und an den Kniegelenken konnte man die leichte Entzündung erkennen. Vor allem nach längeren Ruhephasen, etwa am Morgen beim Aufstehen, hatte die Frau Schmerzen gehabt, aber besondere Aufmerksamkeit hatten sie dieser Tatsache beide nicht geschenkt, denn mit einiger Bewegung der Gelenke hatten die Schmerzen meist abgenommen. Nach jahrelanger körperlicher Arbeit war es wohl normal, daß sich die einen oder anderen Beschwerden bemerkbar machten, hatten sie gedacht. Die Frau war seit langem jeden Tag putzen gegangen, sie hatte es sich nicht nehmen lassen, diesen Zuverdienst, wie sie es nannte, zu leisten. Aber eines Tages war es vorbei, sie konnte sich nicht mehr aus ihrem Bett erheben, sie hatte Fieber und klagte über unerträgliche Schmerzen in den Händen, Armen und Beinen. Der Arzt verabreichte ihr Medikamente, die tatsächlich halfen, doch kaum versuchte sie, einen Tag lang ohne Tabletten auszukommen, verschlechterte sich ihr Zustand sofort. Jetzt konnte sie nicht mehr arbeiten gehen, und ihr Leiden wurde umfassender. Sie konnte auch im Haus nur wenig tun und fand keine Beschäftigung, die sie ein wenig von ihrer Krankheit ablenkte. Sie war eifersüchtig auf seine Gesundheit und Bewegungsfreiheit, sie beklagte sich fortwährend und kontrollierte seine Gänge und Aufenthalte außer Haus. Sobald er nur ein wenig später vom Büro nach Hause kam, machte sie ihm Vorwürfe. Wenn er sonntags, was er aus Rücksicht ohnehin selten tat, eine Wanderung machte, sprach sie den ganzen Abend kein Wort mit ihm. Sie war abwechselnd abweisend oder jammernd und voller Vorwürfe. Sie schleppte sich durch die Wohnung, ging höchstens alle sechs Wochen außer Haus, um den Arzt aufzusuchen und wurde immer aggressiver gegen ihn. Er freundete sich mit der Sekretärin an, die im selben Stockwerk in der Verwaltungsabteilung seiner Firma arbeitete. Sie trafen sich immer öfter zu einer gemeinsamen Zigarette im Raucherzimmer, er fand die Frau, die gleich alt war wie er, ausgesprochen liebenswürdig und lebenslustig, sie schien mit einer unerschütterlichen Heiterkeit ausgestattet zu sein und hörte ihm geduldig zu, was immer er zu erzählen hatte. Der Umgang mit ihr tat ihm sehr gut, und er begann, sie sonntags in ihrem Schrebergartenhäuschen zu besuchen. Seiner Frau gegenüber gab er natürlich vor, eine kleine Wanderung zu machen, er habe sich sein Lebtag viel bewegt und könne auch jetzt nicht immer im Haus herumsitzen, sagte er ihr. Die schweigsamen Abende vor dem Fernsehapparat ertrug er wohl oder übel, die Sekretärin aber wurde seine Geliebte und blieb es mehr als zwanzig Jahre lang. Mit ihr verbrachte er zwar nicht viele, aber immer angenehme und heitere Tage. Seiner Frau ging es gesundheitlich immer schlechter, ein zweiter und dritter Entzündungsschub machte ihre Lage noch hoffnungsloser. Höhere Dosen von Cortison halfen über die akuten Schmerzen hinweg, verschafften aber anderweitig Probleme. Sie holte sich damit ein Magengeschwür und brüchige Knochen. Er konnte ihr unmöglich sagen, daß er am liebsten zu einer anderen Frau gegangen wäre, für immer. Er konnte ihr das nicht antun. Ihr schmerzverzerrtes, vorwurfsvolles Gesicht beschnitt seine Lebensfreude und nahm ihm jeden Mut, er wagte es gerade, seine Geliebte einmal in der Woche für ein paar Stunden am Abend oder Wochenende zu besuchen, mehr nicht. Als seine Frau starb, brach er zusammen und erholte sich nie mehr ganz. Er brachte nicht die Kraft auf, noch einmal etwas Neues zu beginnen. Jetzt sitze er, alt und selbst ein wenig hinfällig geworden, in seiner Wohnung herum und beschränke sich darauf, seine Geliebte täglich anzurufen und sie auf den nächsten Tag zu vertrösten.

Mehr als über die kranke Frau und ihr Verhalten dachte sie in dieser Nacht über das verschwendete Leben des Mannes und seiner Geliebten nach. Ein fauliger Geruch schien ihr Bett zu umgeben, sie wollte ihn loswerden und öffnete alle Fenster, aber in ihrem Zimmer stank es hartnäckig, bis in den dämmernden Tag hinein. Im Morgengrauen stieg sie hinab und ging zum Strand, sie zog die Schuhe aus und spürte den kalten Sand wohltuend an ihren Füßen. Besser war es, sich frühzeitig in kühler Erde eingraben zu lassen als lange Zeit in quälender Lauheit, gewissermaßen auf Halbmast zu leben, dachte sie. Besser war es, die körperlichen Schmerzen als eine tägliche Wirklichkeit zu erleben als in der Starre unwirklicher, nicht überprüfter Verbote dahinzuvegetieren. Und doch lag in dem Leben des Mannes mit seiner Geliebten auch etwas Schönes, es formulierte sich in ihren Gedanken als die Ästhetik des Verzichts. Aber war es nicht anmaßend, das eigene Gedeihen dem Leiden eines anderen zu opfern? Sie lächelte vor sich hin.

Sie lebte in einem seltsamen Traum, der sich aus Himmel, Wasser, Erde und aus einer Kette freudloser und letzten Endes lachhafter Geschichten zusammensetzte. Wie lange sie schon hier war, sie wußte es nicht genau, nicht an diesem Morgen, an dem sich alle Wirklichkeit aufzulösen schien. Sie orientierte sich an niemandem, sie schälte bloß eines nach dem anderen aus sich heraus. Noch nie in ihrem Leben hatte sie so viel gelacht und geweint wie an diesem Ort, und nicht selten geschah es zugleich, nicht selten fühlte sie sich von Energie geschüttelt, ohne zu wissen, welche Färbung sie hatte. Immer aber kehrte die innere Ruhe zurück, sobald sie sich bewußt machte, daß sie keinen offenen Wunsch mehr hatte, daß jedes Begehren in ihr gelöscht, oder vertrocknet, wie weggeblasen war. Dann wurde sie weit, dünn und offen, ein körperlicher Zustand, der helle, luftige Bilder in ihr erzeugte.

Erik versuchte von Zeit zu Zeit, ihr durch Fragen etwas näherzukommen, sie zum Reden zu bringen. Er erzählte zaghaft von sich und seinen Sorgen um die Schwester und seinem Spaß an der Arbeit, wohl um auch bei ihr ein wenig Erzählen in Gang zu bringen. Manchmal fand er in seinem Alltag kleine Parallelen zu früheren Zeiten, die er ins Gespräch brachte. Er meinte sie zu einem Ausflug in die Vergangenheit verleiten zu können, wohl in der Absicht, mehr über sie zu erfahren. Sie ließ sich selten zu einer Unterhaltung über Altes und Zurückgelassenes verführen. Sie hatte den Faden abgerissen, hielt das Gewesene bloß über die Briefe und Karten aufrecht, in denen sie immer wieder las, die sie fast auswendig kannte. Alles andere erschien ihr entfernt, abgerückt. Aber wichtig kam ihr daran nichts vor, sie interessierte sich nicht mehr dafür. Einzig die Geschichten der Menschen waren ihr nahe, doch da war nichts, was sie Erik hätte erzählen können. Er hätte wohl kaum verstanden, was das sollte, was das mit ihr zu tun hatte. Und außerdem empfand sie die Geschichten ein wenig als ihr Geheimnis, als ein magisches Wortgeflecht, oder als verdunkelter Bedeutungszusammenhang, der sich erst enthüllen würde. Ihre unmittelbare Gegenwart, das Leben im Leuchtturm, enthielt keinerlei Geheimnis, doch da wäre sie mit dem Erzählen bald am Ende gewesen. Da gab es nicht viel zu sagen, denn sie stand ja nur herum und saß auf dem Stuhl und lag im Bett und lief umher, ohne etwas Besonderes zu verrichten. Erik schüttelte seine Haarpracht und lachte manchmal gereizt auf, wenn sie ihren Tagesablauf schilderte. Er konnte nicht glauben, daß man so viel leere Zeit ertragen konnte. Sie merkte wohl, daß sie in Eriks Augen verrückt war, daß er sich mehr und mehr Sorgen machte, so als wäre sie krank oder alt oder klein. Sie spürte seine Zuneigung, aber auch die im Hintergrund lauernde Angst. Sie spürte das Nähertreten und das Abrücken, das sich hinter seinen belanglosen Gesprächsthemen verbarg. Sie sprachen meist über das Wetter, das für beide bestimmend war, und Erik gab ihr einen Ratschlag nach dem anderen, wie sie sich schützen konnte, wie sie sich den winterlichen Stürmen am wenigsten aussetzte. Wenn sie ihn später wissen ließ, daß sie meist das Gegenteil von dem tat, was er ihr angeraten hatte, daß sie viel im Freien umherlief und sich von Wind und Regen durchpeitschen ließ, hielt er sie noch mehr für verrückt. Einmal ließ er sich sogar zu der Bemerkung hinreißen, sie brauche einen Arzt, wenn das so weitergehe. Sie lachte ihn aus. Sie packte ihn an den Schultern und schüttelte ihn, als müsse er aufgeweckt werden. Noch befürchtete sie nichts.

Dann, es war in den Tagen nach Weihnachten, sie hatte jede Art von nostalgischer Feststimmung im Keim erstickt und ganz gewöhnliche Tage verlebt, geriet ihr der Brief in die Hände. Eigenartig, seit sie im Leuchtturm lebte, hatte er sich völlig entzogen, sie hatte ihn nie mehr gesehen. Sie war der Meinung gewesen, diesen Brief nicht mehr zu besitzen, ihn im Grunde nie zu Ende gelesen oder gar begriffen zu haben. Wann immer sich Erinnerungen daran melden wollten, schob sie diese Gedanken beiseite. Da war etwas gewesen, aber es sollte nicht durch den weichen wattigen Mantel ihrer Leuchtturmexistenz dringen. Da hatte etwas verwirrt, da hatte etwas geschmerzt, es hatte sie aus ihrer gewohnten Bahn geworfen, ihre Augen gedreht, aber sie mußte nicht mehr wissen, was es gewesen war. Sie war ja wunschlos glücklich.

Die Abrechnung lag in ihrer Hand, dumpf saß sie da und betrachtete Helgas Handschrift, ein starkes Ziehen in ihrem Körper, ein Schmerz, der träge durch sie hindurchfloß. Hier stand schwarz auf weiß geschrieben, daß sie unrecht getan, daß sie sich schuldig gemacht hatte. Helga schleuderte ihr ins Gesicht, was sie durch erfundene Geschichten von sich fernzuhalten versucht hatte. Diese Geschichten, so leidenschaftlich oder leidvoll sie sein mochten, waren doch menschlich, verglichen mit dem, was ihre Wirklichkeit war, erschienen sie gewöhnlich, beinahe harmlos.

Mit einem Mal sah sie sich wieder im Elend, ihre neu erworbene Schwerelosigkeit fiel von ihr ab, statt dessen legte sich nackte Angst kalt und schwer auf ihre Brust.

Plötzlich konnte sie nicht mehr leugnen, die Protagonistin eines sehr schlechten Filmes gewesen zu sein, sie hatte nicht nur die Hauptrolle in dem Film übernommen, auch das Drehbuch hatte sie selbst geschrieben. Sie hatte die Geschichte mit Bert fortschreiben wollen und dazu hatte sie Lenz, Berts Sohn, gebraucht.

Die Augen rückten in die alte Position, und sie empfand sofort größte Bedrohung, da die Gegenstände im Zimmer dicht an sie heranrückten, wie aus bösen Gesichtern auf sie starrten.

Unerträglich scharf stand das Bild vor ihr: ihre Umarmung mit Berts Sohn. Lenz hatte seine eigenen Motive gehabt, weshalb er als erwachsener Mann ihre Nähe gesucht hatte. Der Brief gab darüber Auskunft, ob sie an Helgas Version glauben wollte oder nicht, lag bei ihr. Aber sie? Hatte sie wirklich gedacht, den Tod überlisten zu können? Hatte sie tatsächlich geglaubt, Bert in einem anderen Mann wieder zum Leben zu erwecken? Was hatte sie sich von Lenz erwartet? Und hatte sie ernsthaft für möglich gehalten, ihre Mutterrolle abstreifen zu können? Darüber hatte sie nicht nachgedacht, damals, blind hatte sie sich von ihrer Sehnsucht in eine unselige Verstrickung hineinziehen lassen.

Das Unmögliche war wirklich geschehen, und ihr Gefühl der Bedrängnis wuchs. Die Dinge im Raum standen nahe um sie herum. Sie kauerte auf dem Boden und hielt das Kuvert in der Hand, sie las den Brief nicht, ihr Gedächtnis las ihn vor, laut, die wiedergekehrte Erinnerung ließ die Sätze auf sie herunterprasseln wie Geschosse, es waren nur Wörter, aber diese Wörter waren darauf angelegt, sie zu vernichten.

Erik fand sie erst Tage später. Er war über Weihnachten und Silvester zu Freunden an die Ostsee gefahren. Als er im neuen Jahr erstmals wieder zum Leuchtturm hinausfuhr, steckte eine Flasche Sekt in der Tasche seiner Windjacke.

Sie hörte dicht an ihrem Ohr seine Pfiffe, fröhlich kam er mit seinen schweren Kartoffelsackschritten die Treppe herauf, aber plötzlich ließ er den Sack mit einem Krach fallen. Er beugte sich zu ihr. Sie war ein Bündel aus Angst, beinahe erfroren, halb ausgetrocknet und verhungert, wirr. Sie hörte und sah Erik, aber sie konnte sich ihm nicht verständlich machen. Ein paar Wörter fielen wie leere Hülsen aus ihr, da war kein Zusammenhang und kein eindeutiges Gefühl, nur Panik, die sich wie ein unerbittlicher Ring sofort um alles herumlegte, was ins Bewußtsein trat, ob es Satzteile oder Gefühlsfetzen oder Gedankensplitter waren. Erik trug sie die Treppe hinunter und brachte sie ins Krankenhaus, wo sie den Rest des Winters und das ganze Frühjahr verbrachte.

28. Jänner

Dann, mit dem Verschwinden der Sonne, setzten sich zum zweiten Mal Donnervögel zu mir. Ich hörte, wie sie sich näherten, ein Schwarm rauschender Flügel senkte sich herab und tauchte das Zimmer in zaghaftes Dämmerlicht. Ich saß an diesem Tisch. Sie sagten: Nichts brauchen. Sie fragten: Wo ist dieser Ort? Die Jahreszeit der Ruhe ist der Winter, früh fällt das Dunkel herab und gibt Zeit, nichts zu tun. Die Dinge scheiden von der Welt und die Gedanken entleeren sich in den Schlaf.

Man muß warten können, sagen die Vögel. Die Kälte, aber auch der Schlaf zwingen einen zu erforschen, wozu sich sonst keine Gelegenheit bietet. Man fällt in einen Spiegel und verschmilzt mit dem Bild. Es geschieht ohne Absicht.

Du warst beides, fest und schwankend. Du warst der Geschlagene, der Zurückweichende, das krause Unterholz deines Waldes. Du warst der sinnierende Pfahl in der Erde, das freie Feld um dich, du hattest genug Zeit, die Herankommenden zu prüfen. Und während sie herankamen, wuchsen dir Äste, wurdest du zum Baum. Täglich warst du beides, geknickt und hoch aufgerichtet, abwechselnd, und ähnlich wie zuletzt, zerrannst du mir zwischen den begehrenden Fingern. Ich wollte dich sicher haben.

So wie ich, die Tage vor deinem Tod, oft hinter dir herlief, um dich zu verankern. Du warst da, nahe und anwesend wie nie bisher, aber manchmal, plötzlich, tauchtest du weg: in einen Nebenraum, in das obere Stockwerk, ins Freie, oder in eine geheime Höhle deines Inneren. Du wußtest selbst nichts davon, warst überrascht, als du gesucht wurdest, konntest über deinen Aufenthalt keine Auskunft geben.

Die Sonne schien mir an diesem Nachmittag durch die Balkontürscheibe auf den Rücken, ich vergrub meinen Blick wieder einmal in der weißen Wand über dem Tisch: Du warst sonderbar schön! Ich lief die Treppe hinauf, mein Herz schlug heftig, ich riß die Tür auf und sah auf dem Bett deine großen Augen, zuerst nur die Augen. Dort in der Luft, an der Decke, suchtest du nach einem Halt, oder nach dem Grund für den stechenden Schmerz im Bauch, oder nach der Antwort auf dein Leben, etwas starrte tief aus dir heraus, ein Ruf nach Schutz, eine Frage. Ich beugte mich über dein Gesicht, es war, wie die Augen, aufgerissen, nicht verzerrt und zusammengezogen, das Markante deiner Züge klaffte auseinander. Aufgemacht warst du, ich sah, wie weit du in diesem Moment warst, flüsterte dir Fragen zu, was ist mit dir, wo bist du, und du flüstertest mir die Frage zurück, was ist das. Mein Gesicht lag auf deinem, wir flüsterten weiter und fragten einander, erst später wandte ich mich deinem Bauch, deinen Schmerzen zu. Ich lief hinaus, um den Arzt zu holen.

Die Wirklichkeit holte uns ein, du wurdest zum Notfall, jetzt quälten dich die Stiche, verzerrten dir das Gesicht, ließen dich stöhnen, und ich hastete auf und ab, fand endlich die richtige Nummer, sachlich gab ich dem Arzt Auskunft über dich. Es dauerte eine Zeit, bis Hilfe kam und uns beiden die Sorge nahm, der Arzt erklärte dich zu einem bekannten Fall, dein Leiden zu einem beherrschbaren Leiden, deine Erfahrung zu einer hundertfachen, und wir führten dich behutsam die Treppe hinunter, und du konntest wieder lächeln. Nur draußen an der Treppe, vor dem Auto, gabst du mir wieder diesen offenen Blick als Frage.

Die Sonne verschwand, und die Donnervögel fingen mich mit deiner, mit ihrer Frage ein. Es ist meine Frage, sagen die Vögel, sie wirft Spiegelungen auf der Wand dort, oder in den Menschen, die mir ähnlich sind. Die Brüder und Schwestern unseres Klans werden nur deshalb so genannt, damit wir sie nutzen, ohne zu brauchen, damit wir uns in ihnen erkennen.

Du warst so sonderbar schön! Wie bei dir Ahnung war, so war bei mir zuerst Erschrecken, dann Zuversicht. Das eine fällt schließlich mit dem anderen zusammen.

5. Februar

Die vielen Bilder ihres Lebens, die mir im Laufe der Zeit von dir und anderen vorgestellt wurden, verschränkten und überlappten sich, verwirrten das jeweils festgelegte Bild, wiederholt fielen die Aspekte auseinander, und ich setzte sie neu zusammen, um zu begreifen. Einmal dieser sichere Griff in unser Regal: Ich schlug ein Buch auf und fand, was man eine Charakterisierung nennen könnte.

Vielleicht auf einem zerwühlten Bett. Oder in den geordneten, steifen Kissen eines Wohnzimmersofas, die Fotografie eines Nordstrandbades an der Wand. Oder in dem viel zu großen nackten Raum, dessen schwere Vorhänge wie Balken wirken. Rotes Backsteinhaus, die einzige Farbe in der verhangenen Landschaft, die keine Hügel aufweist, sich nur aus Bäumen und Sträuchern formt. Schräg gegenüber steht bei jedem Haus, selbst in den größeren Ortschaften, die Scheunenmauer vor dem Fenster, so, als gelte es, sich fortwährend aus dem Inneren des wichtigsten Besitzes zu vergewissern. Oder im letzten, halbverfallenen Provinzblock, dessen Löcher den Blick auf Nebelbänke freigeben. Dessen schäbiges Treppenhaus nur von leichten Kinderschritten hallt, weil dort nichts sonst die Luft zwischen den Mauern erweicht. Und nicht einmal das. Dieses Treppenhaus ist stumm.

Wenn das Kind, das sie gewesen sein könnte, nach draußen in den Nebelnachmittag tritt, wird es wie eine nutzlose Silbe verschluckt. Wohin? Da stehen keine Tafeln Das Betreten der Grünflächen ist verboten, es gibt keine Grünflächen. Das Kind geht über löchrigen Asphalt. Es geht nur einmal um den Block, streift ihn mit dem gestreckten Zeigefinger ab, das Röckchen wippt in der Drehung am Hauseck. Die Kellerfenster sind schon reichlich ausgeforscht, es darf sich nicht entfernen. Zurückgekehrt zeigt das Kind die geöffneten Hände, Schmutzprobe, die stets ein Zerren in den Waschraum nach sich zieht. Die Hände sind zu klein und rot und runzelig, die Finger laufen nach vorne viel zu spitz zu. Sie bohren sich gerne in Öffnungen, aber niemand weiß das. Hast du schon, wirst du jetzt! Beim Essen mahlen die Zähne von links nach rechts.

Nein, das Kind ist in Wirklichkeit viel kleiner, es läuft nicht, hat keine Zähne, kennt keine fremden Öffnungen. Es liegt im Schmutz eines zerwühlten Bettes. Wenn einer da ist bei dem Kind, so hat er selbst in der bemühten Rede etwas Zerrendes an sich. Die kleinen Arme greifen nicht mehr nach den Stimmen aus. Einmal wurden sie dem Kind, überrascht in der Bewegung der Neugierde, verbogen.

Es ist im Osten, dem Teil Deutschlands, den man jetzt wieder angeklebt hat, die Kleberänder hat man wegretuschiert, man sieht sie nicht mehr, aber wenn der Finger über die Landkarte streift, wird der alte Riß fühlbar. Die Menschen streifen mit dem Finger über die Karten und Risse.

Nachts wird das Zerrende laut. Nachts, wenn das Kind schläft, nähern sich Schritte, mit einem Tritt wird das Lager in grelles Licht geworfen, und erschreckt reißt das Kind die Augen auf, mit den Augen die innere Falltür, die in den geheimen Bunker führt, wo dicke Wände den Lärm und das Schütteln abschirmen. Dort in dem Schutzraum sind Konserven und Spritzen, die ein langes Überleben in Notzeit garantieren, länger und länger hält sich das Kind dort auf, mehr und mehr geht es vorsorgend zum Schlafen dorthin. Im Bunker ist es dumpf und warm und dunkel. Mit den

Monaten fallen dem Kind die soeben erst gewachsenen Haare aus.

Es ist weit weg, es lernt nicht sprechen, es wird angeschrien, du, du, du! Weil es sich weigert, wird ihm ein Herrenschuh über den Kopf gezogen.

Das Kind wird eingeliefert. Es wird von nun an geschützt und kommt in ein Heim. Dort schreit, schüttelt und schlägt keiner, auch ist das Kind meist in Gesellschaft, neugierig saugt es die Töne fremder Schmerzen ein, fühlt sich darin sanft geschaukelt. Man gibt dem Kind zu essen, die Haare wachsen wieder, die spitzen Finger finden eine erste Öffnung. Immer seltener fällt es in den Bunker, es hat einen anderen Ort gefunden, es kriecht in ein flauschiges Wattegeflecht, darin kann man alles hören, muß nichts deutlich sehen, darin sitzt man weich und läßt sich von dem Flauschigen wiegen, den Finger in der Öffnung. Das Kind summt Wörter, es kann sprechen.

So kann man überleben, nicht leben. Das Kind wird aufwachsen, man wird sagen, es gedeihe, man wird feststellen, es hole auf, es gerate wohl, es gerate zur Frau, aber das Kind wird nicht erwachsen werden, immer wird es einem Nest hinterherlaufen, es wird nach Nestern greifen, jeweils den sichersten Ort, der zu haben ist, besetzen. Alte, ausgelegene Nester wird es zurücklassen.

Über das Kind wird eine Akte geführt. Es wird dir begegnen.

13. Februar

Einmal hieß es, sie wird kommen. Ich packte meine zwei Kinder am Arm, schob sie ins Auto und fuhr in die Stadt. Wir gingen zum Weihnachtsmarkt, gaukelten uns das Glück der Ringelspiele und Schokoladenherzen vor, und wiederholt streifte mein Blick über die schmucken Fassaden und deren Alltagsgeschichten. In jedem der Häuser wohnte ein Stück von uns.

Wir gaben vor, den Markt mit seinen Silberglöckchen und Seifenblasen bis ins letzte erkunden zu wollen. Es war ein großzügiger Tag, wir kreisten neugierig um die Buden und kosteten von allem. Wir gingen den hundert Gerüchen nach, filterten deren Geschmack und Bedeutung aus, ließen sie in buntes Papier packen, trugen sie mit uns davon. Duftgeschenke aus tausendundeinem Tag. Zuletzt mußten die Kinder bei der Würstchenbude stehenbleiben und warten. Sie durften sich nicht neugierig nach mir umsehen, mir nicht nachspionieren, und kichernd verhielten sie sich wie aufgetragen, indem sie sich die Mützen über die Gesichter zogen, daß die Würstchen in den Handschuhen kalt und klebrig wurden.

Erst spät fanden wir hinaus aus dem Trubel, die Kinder trotteten mit ihren Säckchen und Päckchen durch kalte, düstere Straßen. Alles Licht der Stadt schien auf dem Markt gebannt. Wir querten Straßenbahnschienen und gingen am Schauspielhaus vorbei, dort gab es noch einmal große Lichtpunkte: In den Eingangsvitrinen deuteten Plakate und Fotos Spielarten des Lebens an.

Bald quert man eine Seitenstraße und kommt unvermutet in eine andere Welt, unsichtbare Gitter halten Fixer und Junkies und Verkäufer zweiter Klasse und herabgekommene Kinder und grölende Skins in einem Stadtteil gefangen. Wieder sammeln sich Töne und Gerüche betörend wie auf einem Markt, wieder fühlt man sich nach da und nach dort gezogen, möchte hineintappen und zugreifen, Kostproben von geballtem und verpufftem Leben nehmen, einem Leben ohne Glitter und ohne Glöckchen, ausgestattet nur mit dem kalten Silber des Stadtmondes. Zuletzt nahm ich aus einem Schaufenster einige schöne eisblaue, in Silber gefaßte Steine in meinen Gedanken mit. Wir waren müde und satt und fuhren los, und sobald das Auto warmgelaufen war, schliefen die Kinder ein. Und in der Stille des Fahrens wanderte ich zu dir voraus, fragte nach deinem Bummel an diesem Tag, nach dem Gang deiner Schuhe und nach den Schwellen, die du wohl übertreten haben mochtest.

Ihr wart in der Küche am Tisch ineinander versunken, der

Junge hatte Wollfäden kunstvoll gedreht und geknüpft und hielt uns stolz die Geschenke entgegen, bunter Armschmuck für uns alle, und du rauchtest deine Pfeife, lächelnd und warm und zufrieden. Sie war nicht gekommen.

24. Februar

Wenn wir wieder zu Kindern werden, verändert sich merklich unsere Tonlage. Mehr als einmal spielte ich dir vor, wie du in eine fremde Stimme schlüpftest, wenn du am Telefon mit ihr sprachst. Ich stieg dabei auf das Podium, unseren Couchtisch, griff gedankenverloren nach einem fiktiven Telefonhörer, plärrte zuerst das Übliche hinein, tat dann aufgeschreckt und stellte mich in Pose. Ich spielte eine dienende, zugleich mit Wut aufgeladene Stimme. Ich sagte dein wiederholtes Ja, Ja, Ja, es kam von irgendwoher, schien nicht dazuzugehören, es warf sich in deine Rede und zerhackte dir die wohlüberlegten Sätze. Am Ende warst du müde, ja sagend hattest du dich gewehrt und doch nur gedient. Und am Ende meines Spiels lachtest du bitter, nicktest.

Einmal sagte sie, ich wäre endlich jemand, der dir etwas entgegenzusetzen habe. So ist das mit den Spiegeln, in die man fällt.

Manchmal nahmen wir uns bei der Hand und gingen hinaus. Wir waren zusammen, und doch, wir mußten uns trennen. Häufiger kreisten wir nachts um die Felder, die Erde war naß und klebrig, wir hielten uns auf den kleinen Straßen, hielten einander fest, aber jeder ließ seine Gedanken in eine andere Richtung ziehen. Ich dachte an mein behagliches Alleinsein, du dachtest, wie ich zu halten war, ohne daß du etwas aufgeben mußtest. Du wolltest alles, ich auch.

Wenn wir spät ins Haus zurückkehrten, schliefen die Kinder, als wäre nichts geschehen. Die Nächte waren ruhig, die Nächte waren unsere Zeit und die Illusion, die uns mit jedem Morgen zerbrach. Denn am Morgen waren wir wieder mitten im Schlachtfeld.

Jetzt kehre ich manchmal von meinen Spaziergängen zurück und höre mit dem inneren Ohr das Toben der Kämpfe, ich unterscheide die Kampfmittel, das Heulen, das Plärren, das Betteln um Gnade, das erstickte Husten unter einem Kissen, oder das kalte Abkanzeln, das Trommeln gegen die verschlossenen Truhen, ich sehe das Fesseln und das Knebeln und das Messerwetzen, ich sehe das Davonlaufen, das heimtückische Wiederkehren von hinten, ich fühle, wie man mir schutzsuchend unter die Kittel schlüpft, oder wie man mir jeden Schritt gleichtut, wie man mir in Küche und Keller und Stall folgt, auf die Zehen tritt, um mich bei sich zu haben, falls wieder einer angreift. Ich sehe die verzweifelten Blicke am Morgen vor dem Schulweg, ich sehe die zerschundenen Hände und Gesichter am Mittag, ich sehe die Erfahrungen in den Gesichtern, sehe die tote Graugans im Wintergras, den toten Vogel, das tote Tier mit den schwarzen Knopfaugen, den verlorengegangenen Hasen. Wie ich die Tür öffne, fällt Hilflosigkeit über mich her, ich habe Angst vor der Gewalt der Kinder. Wie sie mir wuchtig entgegenschlägt. Wie sie ihren Schmerz herausprügeln aus den kleinen Körpern, brüllend oder wimmernd.

Und ich sehe, daß ich mit dir und allen reisen will, daß ich an Weihnachtsbaum und Gebirge und Schlitten denke, daß ich uns sehe, wie wir die Kufen durch den nächtlichen Wald führen und lachen und müde und warm und hungrig die Kerzen anzünden.

Immer öfter schlug ich zurück. Ich nahm meine Kinder, fuhr einmal mehr allein ins Gebirge. Du kannst mich wieder für dich gewinnen, schreibe ich.

25. Februar

Patchwork nennt man das, schreibst du. Und: Wie kommen wir wieder zu uns beiden?

Wenn du nicht ein anderer wirst, sagte sie, dann kommt er zu mir. Sie ist in Frankreich oder in Brüssel oder auf einer der ostfriesischen Inseln, vielleicht in Skandinavien, oder in

Berlin. Sie hechelt durch die Welt, baut hastig ein Nest, dann ein anderes, sie kehrt den Menschen und den Nestern den Rücken, mit dem beautycase in der kräftigen Hand. Sie ist siebzehn geworden und hat das Heim, die Kartoffelsuppe und den Haferschleim verlassen. Sie ist schön, blitzende Augen hinter zu Schlitzen geformten Lidern gehen auf Beutezug.

Du mußt zahlen. Dafür, daß der Junge bei dir lebt, will sie Geld.

Ihre Mutter hat sie noch regelmäßig besucht, über den Mann mit dem Schuh hat die Mutter nur einmal geredet, dabei hat sie geweint und gesagt, wenn du zurück willst, dann geben sie dich mir, und mit dir geben sie mir endlich eine Wohnung.

Mit einem verräterischen Flackern in den Augen hat das Kind angefangen, die Schuhgeschichte zu verbreiten. Es war seine Heldengeschichte, dafür gab es Mitleid und gute Worte, und die Leute kramten in ihren Taschen und reichten Süßigkeiten. Beschämt hat die Welt das Kind auf die eigene Seite gezogen. Die Gewalt, die es erlebt hatte, war seine einzige Trophäe, die Geschichte wurde ausgeschmückt, sie wuchs mit der Zeit und mit dem Alter des Kindes. Mit unseren kleinen und großen Schuhen betreten wir nicht geebnete Wege. Die Landschaft, in der wir gehen, ist unbekannt, von niemandem zuvor betreten. Wir finden den Weg nur durch den eigenen Tritt, wir treten uns den Weg aus. Wir schaffen uns selbst die Berge und die Täler, aber unsere Schritte sind dennoch nicht frei.

Es war bei meinem vierten Besuch bei dir, damals, drei Spätwintertage im Garten: Wir gingen immer wieder um das Haus, oder saßen auf dem Hochstand, oder am Tisch unter den Lärchen. Wir lebten in der Vorbereitung auf unser Zusammenleben und sprachen über die Zukunft. Aber bald hörten wir auf, über den neuen Kücheneingang, den du bauen wolltest, zu sprechen. Das halbfertige Zimmer stellten wir zur Seite, auch die Planungen für den Fußboden und die notwendige Pflege der Nachbarschaft. Der Abwasch blieb liegen. Wir gingen und hockten und saßen. Wir schwiegen. Zögernd zuerst, dann immer entschlossener, näherten wir uns dem Wichtigen.

Wir sprachen lange über das größte Muß, über unseren Zwang zu reagieren. Die Sonne war für einen Frühsommer im Norden sonderbar durchdringend, sie leuchtete uns aus, unsere kompakte Haut wurde dünn und durchlöchert. Kleine Öffnungen legten das Innere, ein System von winzigen Knöpfen und Drähten, frei. Wir sahen uns als Automaten, die immerzu bloß auf den Druck unsichtbarer Hände reagierten. Marsch, ein Schritt nach links, Stop, Drehung, Ausschwingen, aus. Und wir trugen Schuhe, aber immer nur, da waren wir uns einig, gingen die Schuhe mit uns, und nicht wir mit den Schuhen.

Wir lachten. Draußen auf dem Feld suchten wir die Linie des Horizonts ab und stellten uns vor, wie er trotz der Steine und Stacheln barfuß zu erreichen war.

Weißt du noch? Du weißt mehr denn je.

Monate vergingen. Der Ärztin, die sie behandelte, erzählte sie auch den Teil der Geschichte, der sie zuerst in den Himmel, dann hart auf die Erde gestoßen hatte. Das war zu einem Zeitpunkt, als sie bereits begriffen hatte, daß alles Lebendige am besten in der Mitte zwischen Himmel und Hölle gedeiht. Trotzdem, sich diese Geschichte noch einmal vor Augen zu halten, sie nochmals durchzuspielen, war vergleichbar mit einer Geburt: Sie lag in den Wehen, die Schmerzen drohten sie zu zerfetzen, aber es gab kein Zurück, nur das Vorwärts, das Keuchen, das Pressen, die Enge, die Angst und weit hinten in der Ferne ein heller Punkt, das Wissen um etwas Neues, das dort, hinter der unmittelbaren Erfahrung, auf sie wartete. Im Mai erfuhr sie, es bestand Aussicht, in den Leuchtturm zurückzukehren, um dort den Sommer zu verbringen. Sie mußte sich selbst auf die Probe stellen.

Erik konnte es nicht glauben. Er hatte sie in diesen Monaten einmal in der Woche besucht, er hatte gedacht, er werde Stück für Stück Abstand nehmen, den Abschied vorbereiten, sie entlassen. Du bist mir plötzlich dahergekommen, du bist mir eigentlich nur zugelaufen, sagte er, doch das war erst später. Das konnte er ihr erst sagen, nachdem die Entscheidung, die sie von ihm gefordert hatte, gefällt war. Als sie ihm eines Tages eröffnete, in einigen Wochen in den Turm zurückkehren zu wollen, schüttelte er nur den Kopf. Das sollte nicht sagen, nein, der Turm gehört nicht dir, es sollte sagen, du bist ja verrückt. Darauf nagelte sie ihn fest, Erik sollte Farbe bekennen und ihr ihre Verrücktheit erklären.

Erik dachte, er werde Abstand nehmen, in Wirklichkeit war er bereits weg. Die Sektflasche in der Tasche, war er nach Silvester mit der ihm gewohnten inneren Abwesenheit zu einer Frau gerannt, der Sekt Ausdruck seiner Sehnsucht, die Sehnsucht eingekorkt. Erik, der ewig geheime Liebhaber, und dies die einzige Rolle, die er einer Frau gegenüber einzunehmen bereit war. Es war die Aussicht auf eine Frau, die ihn betörte, niemals die wirkliche Frau. Einer Frau, die allein sein wollte, konnte er sich getrost nähern, sie konnte er mit seiner Fürsorge überschütten und sich vormachen, es dem toten Freund zuliebe zu tun. Mit Holz und Lebensmitteln und Botengängen glaubte er, sein schlechtes Gewissen neutralisieren zu können. Einer Frau, die bei einem Mann war, konnte er leicht nachlaufen, sie würde ihn mit einem Schulterzucken auf seine Aussicht zurückwerfen, die Rolle war ungefährlich, weit und breit keine Erfüllung in Sicht.

Der Augenblick, als er sie kauernd und wirr auf dem Boden im obersten Zimmer seines Leuchtturms gefunden hatte, wäre die Gelegenheit für Erik gewesen. Es wäre die Gelegenheit gewesen, sie anzusehen, sie so wahrzunehmen, ganz nah. Aber der Moment ging schnell vorüber, und Erik rettete sich in die Notwendigkeit, etwas für sie zu tun. Er hob sie vom Boden auf und trug sie die Treppe hinunter, legte sie auf die Rückbank seines Wagens und fuhr los. So war kein

Kontakt zwischen ihnen, so war er in Sicherheit, und danach war Erik weiter weg denn je. Sie wöchentlich zu besuchen, war Ehrensache, man läßt eine Frau in Not nicht im Stich. Doch mit nichts kann man jemanden deutlicher allein lassen als mit dem Bezeugen von Ehrgefühl.

Sie beide mußten Farbe bekennen. Sie hatte monatelang in seinem Haus gewohnt, ohne sich viel Gedanken um Erik zu machen. Sie hatte seinen Turm und seine Dienste genutzt und im übrigen keinen Zweifel aufkommen lassen, daß es am besten war, allein zu sein. Erik kam und ging, eine stillschweigende Abmachung hatte ihre Begegnungen geregelt. Dazwischen gab es nur seinen blassen Abdruck in ihrem Gedächtnis. Von Zeit zu Zeit zeigte sie ihm Dankbarkeit, aber mit nichts kann man jemanden besser auf Distanz halten als mit einem Danke, es markiert eine Grenze, es verschleiert das Aber, das der Dankbarkeit auf dem Fuß folgt. Sie wollte in Ruhe gelassen werden. Als Erik den Kopf schüttelte, um sie für verrückt zu erklären, weil sie trotz ihrer Schwäche und Labilität, so seine Worte, wieder zum Leuchtturm hinaus wollte, gab sie ihre Ruhe auf und sagte ihm das Aber ins Gesicht.

Dieses Aber reichte viel weiter zurück, denn immer schon hatte Erik sie für verrückt erklärt, damals schon hatte er geglaubt zu wissen, was sie brauchte und was richtig für sie war, ihre Entscheidungen hatte er nicht ernst, nicht eigentlich für wahr gehalten. Immer schon war Erik anwesend gewesen, ohne wirklich da und gegenwärtig zu sein, man ist gegenwärtig, wenn man das teilt, was den Moment ausmacht. Man ist vor allem nahe und anwesend, wenn man das Glück des Gegenwärtigen mit anderen teilt. Erik hatte getan und gemacht und dafür gesorgt, daß man ihm dankbar war, immer schon, er hatte eine Rolle ausgefüllt und dabei auf die Zukunft hingearbeitet, mehr oder weniger geduldig hatte er gewartet, aber auf was? Er hatte mit ihr, Bert und den Kindern viel Zeit verbracht, aber damit war er nicht zufrieden gewesen, er hatte seine Sehnsucht genährt, scheinbar eine

Sehnsucht nach ihr, aber in Wirklichkeit hatte nur die Sehnsucht an sich Bedeutung. Sie war in seinen Augen verrückt? Jetzt sollte er sich einmal nicht davonmachen, jetzt sollte er dableiben und Farbe bekennen!

Erik hörte sich alles an, sie sah in seinen Augen das Mitleid, wieder schüttelte er den Kopf, denn nur eine Verrückte konnte die Dinge so auslegen und verdrehen, geduldig hörte er sich alles an, er berührte ihre Hand und ging, nach einer Woche war er wieder da, ein Strauß Blumen, Konfekt.

Sie legte wieder los: Was an ihr wohl verrückt war, wollte sie wissen, war es etwa verrückt, ganz leben zu wollen, und war es verrückt, die Dinge ergründen zu müssen, durchgehen zu wollen durch das, was eben so war wie es war? War sie etwa verrückt, weil sie nicht ewig auswich, nicht aufschob und Ausreden gegen das Glück auf den Plan brachte, statt dessen beim Problem, bei der Sache blieb, um dem Glück eine Gelegenheit zu geben? Erik antwortete nicht, er verabschiedete sich mit einer Ausrede, leider müsse er heute früher gehen, sagte er und kam wieder, genau eine Woche danach, Konfekt.

Der große, unbestimmte Erik, der sich so fest und standhaft gab, er sollte ihr sagen, was daran verrückt war, etwas zu Ende zu bringen. Immer wieder hatte er bei seinen Besuchen von ihr wissen wollen, weshalb sie dort leben mußte, ausgerechnet in einem Leuchtturm, ausgerechnet allein, nie hatte er sich die Antwort selbst gegeben, er hatte es nicht einmal versucht. Und was war daran krank, wenn man aufhörte etwas zu wollen, eine Sehnsucht zu hegen und zu pflegen, was sollte daran verrückt sein, nichts zu tun und rein gar nichts zu arbeiten, nur in den Tag hinein zu leben, um ganz beim Tag zu sein, bei dem einen Tag? Was anderes gab es als den einen Tag? Das sollte er ihr einmal sagen.

Aber Erik sagte nichts und ging nach einer Weile und schüttelte seinen Kopf und machte ein säuerliches Gesicht. Und kam wieder und wieder. Sie hatte die Ruhe aufgegeben und ließ ihn nicht in Ruhe, sie wollte etwas von ihm. Und weißt du eigentlich, wie lange wir uns da nach Silvester kannten, als du mich aufgehoben und in deinen Wagen getragen und in einer Klinik abgeliefert hast? Da kannten wir uns haargenau sechzehn Jahre lang, lange sechzehn Jahre, und kannten uns nicht. Weil wir beide immer nur gelogen haben, weil wir so getan haben als täten wir es Bert zuliebe, als wäre Bert einer gewesen, der sein Behagen auf Lügen bettet, als wäre er einer gewesen, der seine Ruhe haben will, nein, nicht Bert. Wir beide sind es, die tot spielen, und jetzt will ich endlich, daß wir einander kennenlernen, daß wir Farbe bekennen. Und ich will dir sagen, daß ich weiterhin meine Ruhe haben will vor dir, ich will nur draußen in deinem Leuchtturm sein, weil ich es muß, und ich will, daß du mir sagst, ob du mich dort leben läßt, ohne etwas von mir zu erwarten. Oder willst du Geld dafür, das kannst du haben, ich gebe dir Geld, ich werde was beschaffen und dir Miete zahlen, wenn es das ist. Und Erik schüttelte den Kopf und sagte, er wolle kein Geld, er ging.

Das nächste Mal brachte er keine Blumen und kein Konfekt mit. Er brachte die Nachricht, daß es ihm einerlei sei, ob sie draußen im Turm wäre, seinetwegen konnte sie noch jahrelang dort wohnen, aber er werde immer wiederkommen und nach dem Rechten sehen, soviel sei klar.

Also lebte sie wieder im Turm am Meer, ein paar Mal fuhr sie noch zu ihrer Ärztin in die Stadt, Nachkontrolle, Gespräche, letzter Austausch über das Ausklingen der Therapie, dann wurde die Nabelschnur durchschnitten, und sie war auf sich gestellt. War sie selbst das Geschenk? War sie das Kind, soeben auf die Welt gebracht, zart und zerbrechlich, aber doch vollständig, ein vollkommener Kosmos, der alle Voraussetzungen besaß, für sich zu existieren? Der Anfang war naß, eine Woche lang heftige Regenfälle, aber dann wurde es ein klarer, trockener Sommer.

Nach dem langen Klinikaufenthalt war sie unsicher, ob sie mit dem Alleinsein in ihrer Behausung über dem Meer zurechtkommen würde, sie hatte sich an das ständige Umsorgtsein gewöhnt. Im Krankenhaus gab es immer jemanden, mit dem man reden konnte, oder man lenkte sich ab, indem man anderen Leuten bei ihren Unterhaltungen zuhörte. Sie mochte es, die Menschen in dem Moment zu beobachten, wenn Besucher das Zimmer betraten oder auf dem Gang um die Ecke bogen, sich mit einem Winken ankündigten. Sie glaubte dann, das Gefühl der Frau, die gerade besucht wurde, nicht nur nachzuvollziehen, sondern mitzufühlen: helle Freude, gemischte Freude, zurückgehaltene Freude, verhaltenes Erfreutsein, Lust, Bestätigung, aufgeregte Erwartung, gespanntes Warten. Es waren einfache, überschaubare Situationen, die sich durch die Präzision ihres Mitfühlens zu kleinen Abenteuern gestalteten, sie sah und spürte die anderen und horchte in sich hinein, sie nahm den Widerhall des Geschehens im eigenen Gefühlsfeld wahr. Noch nie war ihr so klar vor Augen geführt worden, wie viele Schattierungen des einen Gefühls es gab, wie unwiederholbar ein Moment war. Alles war immer anders, den jeweiligen Bedingungen entsprechend, und doch verlief auf eine Art alles gleich, beinahe gleichförmig. Auf einen Besuch freute man sich im allgemeinen, doch kam es vor, vor allem bei den jüngeren Frauen auf der Station, daß man es vorzog, in Ruhe gelassen zu werden. Manche Frauen empfanden den täglichen Besuch der Eltern als Kontrolle, sie ließen ihn über sich ergehen und waren bemüht, ihr Gefühlschaos zu verbergen. Manchmal lehnte es eine Patientin geradewegs ab, jemanden zu sehen, ein solches Nein traf durchwegs einen der nächsten Verwandten, Vater, Mutter, Kind und Ehemann, niemals einen Bekannten oder Freund. Abgesehen von diesen Ausnahmen aber empfanden die Frauen es als Lichtblick, wenn Besucher die Gleichförmigkeit des Tages unterbrachen und allein schon damit Zuneigung zeigten. Sie beobachtete und hielt fest, auf wie viele verschiedene Arten man sich freuen konnte, wieviele Muster des Leidens es daneben gab.

Sie hatte Angst vor der Einsamkeit und wußte doch, daß sie erst durch die Abwesenheit anderer Personen zu ihrer eigenen Präsenz kommen würde. Sie mußte ankommen bei dem, was ihre Gegenwart war. Sie würde, nach den Monaten allmählichen Wiedererkennens, jetzt die eigene Geschichte in jede Faser ihres körperlichen und gedanklichen Systems eindringen lassen. Diese Geschichte hatte sie vor einer von Berufs wegen befaßten Person ausgebreitet, und das war wie ein Tasten im Dickicht gewesen, das in einem Stammeln Ausdruck fand. Sie hatte sich zu allem durchgerungen und dem wiederkehrenden Gefühl der Vernichtung standgehalten. Jetzt wollte sie sich darin üben, die vergangenen Ereignisse nicht nur zu ertragen, sondern sie willkommen zu heißen. Sie mußte aufhören, dagegenzuhalten, statt dessen lernen, zu trauern.

In der Zeit ihrer Therapie hatte sie oft von Lenz gesprochen, es war von ihr verlangt worden. Aber es gab nicht einen Lenz, es gab zwei, den wütenden Jungen und den ernsten Fünfundzwanzigjährigen, den sie an einem Februartag zufällig gesehen und sofort wiedererkannt hatte. Über den erwachsenen Lenz hatte sie reden können, auch wenn sie dabei vor Aufregung gezittert hatte. Er war ihr in den Therapiestunden als Person gegenwärtig gewesen, er hatte über einen Gesichtsausdruck, eine Körperhaltung und eine Stimme verfügt, vor allem hatte er ein eigenes Leben besessen, auch wenn er nichts darüber erzählt hatte. Dieser Lenz war ihr wirklich begegnet. Der kleine Junge aber hatte in ihrer Erinnerung nur aus heftigen Reaktionen bestanden.

Sie konnte nur das Schlagen und Treten, die frechen Worte und das wütende Toben des Jungen erinnern. In den vielen Gesprächen, die sie mit Bert über Lenz geführt hatte, hatte sie nur geglaubt, sie könne sein Verhalten verstehen, weil ihre Rolle das verlangte. In Wirklichkeit aber war sie über dieses Verhalten nie hinaus- und zu ihm gekommen, auch dann nicht, als Lenz mit der Zeit ruhiger wurde. Sie sah jetzt, daß es so gewesen war und daß ihr der große Lenz die Brücke zum kleinen Lenz bauen sollte.

Es ging nicht um Helga. Helga war die Frau, die sie nicht kannte und die sie doch seit vielen Jahren begleitete. Helga hatte ihre Zeit mit Bert geprägt, auf eine seltsame Art und Weise sogar bestimmt. Bert, der von Helga verlassen worden war, hatte nur gedacht, mit ihr einen Abschluß gefunden zu haben. In Wirklichkeit war Helga in dem kleinen Haus anwesend gewesen wie ein unerlöstes Gespenst. Sie kam am deutlichsten im zerstörerischen Verhalten ihres Sohnes zum Vorschein, sie war aber auch die manipulative Instanz zwischen dem Sohn und seinem Vater, deren Verletztheit die Umgebung in den Sog des Leidens hineinzog. Aber es ging nicht um Helga, nicht darum, wie Helga sich verhielt.

Sie war es, die sich schuldig fühlte, und sie mußte die Schuld ablegen. Sie hatte gehandelt und Schaden zugefügt und Schaden erlitten. Die Schuld aber war nicht mehr als eine Anmaßung, denn sie beruhte auf der Annahme innerer Freiheit. Sie war nicht frei gewesen. Sie hatte geschaut und einiges zu sehen geglaubt, aber nichts hatte sich ihr erschlossen.

Helgas Gesicht war ihr nur auf alten Fotos begegnet, mehr als diese wenigen Bilder und zwei Briefe von ihr hatte sie nicht. Diese Frau hatte in Erzählungen existiert. Sie hatte nichts zu bedeuten. Ihr Versuch, das Steuer noch einmal und noch einmal an sich zu reißen, mußte sie nicht über Gebühr beschäftigen. Sie kannte Helga nicht. Sie hatte sich mit Vorstellungen über eine fremde Frau statt mit ihrer eigenen Wirklichkeit abgegeben. Jetzt war sie es, die das Steuer herumreißen mußte, sie mußte den Zugang zu dem finden, was man Herz nannte. Kein Herz der romantischen oder schmerzlichen Gefühle. Kein Muskel, durch den Blut in gleichmäßiger Pumpbewegung schoß. Das, was sie Herz nannte, war größer als sie.

Mit ihren beiden Briefen hatte Helga Zerstörung angerichtet, aus der sicheren Entfernung hatte sie Feuer entfacht. Das Löschen des Feuers war nicht mehr Helgas Sache, denn Helga war nicht da, sie war weit von der Brandstelle entfernt, mit ihren eigenen Motiven beschäftigt. Sie brauchte Helga für ihre Geschichte. Ohne Helgas Übergriffe wäre ihr

Leben ein anderes geworden. Doch wie sollte man ein zweites, ein drittes Leben in Betracht ziehen? Wie konnte man denken, auf das eine oder andere im eigenen Leben verzichten zu können? Als könne man einzelne Bedingungen aus einem Leben tilgen, den Rest belassen. Genausowenig wie es möglich war, sich selbst aus dem eigenen Leben zu denken, jemand anderen an die Stelle zu setzen, konnte man ein Leben zurechtrücken oder von unangenehmen Erfahrungen befreien. Sie war nicht einmal in der Lage sich vorzustellen, Helgas Briefe wären austauschbar, durch andere Umstände zu ersetzen. Sicher, sie konnte annehmen, Helga wäre nie in Erscheinung getreten, aber dann mußte die Geschichte neu erfunden werden. Wenn ihr Leben nicht fremd werden sollte, mußte ein angemessener Ersatz die Lücke füllen. Und da war man bald wieder am Ende mit der Weisheit, denn nichts war so gut wie Helga. Keine zweite Möglichkeit paßte nahtlos in das Gefüge ihrer Geschichte. Wurde Helga gestrichen, so fand nichts mehr zueinander. Helga war richtig, ihre Briefe waren exakt das, was sie brauchte. Sie hatte diese Frau in ihr Leben, in diese Geschichte gebeten.

2. März

Dieses Mal waren es nicht die Donnervögel, die mich aufhorchen ließen. Da war ein anderer Lärm, er dröhnte laut von innen aus mir heraus. Eine mächtige Stimme sagte, in meinem Bauch wäre ein Grabhügel. Ich erschrak nicht, ich sah, wie der Hügel überschwemmt wurde, viel Wasser drang von allen Seiten herein, ich sah mich mitten in dem Wasser, meine Schwimmbewegungen wirkten unbeholfen, ich konnte nicht obenauf bleiben, versank. Ich erschrak nicht, ich fühlte die kühle und dichte Masse um mich, wie sie mich umschloß, und wie ich sie aufsaugte, zur Masse wurde. Weiter drüben, an einer Grenze zum See, wurde eine riesige Wand mit roten Plakaten beklebt, ich erschrak nicht, ich ging hin, lief mit einem Pinsel auf dem Gerüst und schrieb federnd: Come out. Hello, ich tauchte auf und rief, hello, die

Buchstaben sagten, ich wäre groß, aber plattgewalzt zum Lineal. So schnellte ich in die Küche, come out, und biß in einen roten Apfel. Auf einem Spruchband stand It's your life, ich mochte diesen Satz nicht, stopfte ihn mir in die Augenhöhlen, ich drückte mir die Augen hinein, sie fielen nach innen, in der Kehle blieben sie stecken, und mit ihnen der Satz.

Ich hielt inne, diese kräftige, liebevolle Handschrift! It's your life, das Spruchband teilte sich, drang in zwei Richtungen und mir aus den Ohren heraus. Hätte ich, schrien die Buchstaben, hätte, könnte, nein: wollte! ich die Bänder hervorschlängeln lassen, daß sie mir wie befreite Schleifen um die Füße lägen! Ich stopfte sie zurück in die Ohren, preßte die Hände darauf, so viele Hände auf Ohren, Augen, Mund, daß ich nicht mehr atmete, blau anlief.

Fauchen zwischen den Buchstaben, all die Lineale wären aus den Fenstern zu werfen, Summen zwischen den Zeilen, damit das Fadenkreuz wieder im Lot wäre, brauchte es hochgeworfene Arme und ein Ja. Ich schaute durch die Linse, das verbogene Fadenkreuz verwirrte den Blick, der Lauf war auf die erhobenen Arme gerichtet. Böses Zischen zwischen den Zeilen, ein Schwenk, und der Lauf tastete sich durch die Menge, fand mich, nicht das Ja wäre zu treffen, sondern der bissige Mechanismus dort auf meinem Scheitel: simple Blechblättchen, die auf einer dünnen Stange aus dem Kopf ragten und im platten Rhythmus mal Ja, mal Nein sagten. Ich schoß sie ab.

Der Kopf fiel nach hinten herab, in der Kehle klaffte ein großes Loch. Diese Person, Person, Person ist tot, sagten die Buchstaben. Endgültig, trällerten die Zeilen, da wäre nichts mehr zu machen, nichts anzufangen wäre mit der Toten. Nur ein großes Loch, in das man leeren könne, ein leerer Behälter, den man auffüllen könne, der wieder ausrinnen werde, allenfalls Beton werde dort haften und erstarren.

Nichts anzufangen wäre mit dem Toten, nur die Würde wäre ihm zu belassen. Nur belassen.

Ich legte die bedruckten Blätter übereinander, faltete das Papier und schloß die Buchstaben ein. Wieviele Träume werden geträumt! Wieviele Briefe werden in einem Leben geschrieben, wieviele Bücher in einem Jahr. Wieviel Leben steckt in den Büchern.

12. März

Heute nacht ist mir ein Mann über den Weg gelaufen, er fesselte mich und nach einer Weile wußte ich, warum. Dieses Mienenspiel! Ich mag Männer, deren Augenbrauen im Sprechen springen.

Selbst in den Sätzen deiner Briefe sehe ich, wie sich deine Brauen nach oben wölben, dann wieder sinken, oder sich zur Nasenwurzel hin zusammenziehen. Heute nacht konnte ich sehen, wie ein Gesicht im ständigen Hin und Her sich bügelt und knittert und bügelt. Einmal schaute der Mann mich über den Tisch geradewegs an, die Zeit war länger, als man für die übliche Einschätzung braucht. Etwas berührte uns über die Tischrunde hinaus, und jetzt lag das Gesicht weich in seinen natürlichen Falten. Bald darauf stand der Mann auf und ging.

Damals, wir hatten einander gerade kennengelernt, saß ich neben einem Mann, der mir ein Traummann zu sein schien, nicht dich beachtete ich, sondern den schönen Mann mit dem athletischen Aussehen, ich saß da und listete mir vorsichtig die Möglichkeiten unserer Körper auf. Da konnte ich den Vorgang beobachten, zum ersten Mal hellwach: Noch während ich auflistete, noch während ich mich mit diesem Idealtyp zugedeckt sah, flog mir unerwartet das Herz aus der Brust, und mit ihm jede sinnliche Regung. Plötzlich war ich ganz still. Ich folgte dem losen Schweben des Herzens durch den Raum, mein Blick landete auf dir. Ich war überrascht. Einer unserer besten Freunde erklärte mir, das wäre Chemie.

Einmal sagtest du, nicht Männer wählen ihre Frauen, sondern Frauen wählen ihre Männer. Eine Welle spült an den Strand, aber ohne den Strand gäbe es keine Welle.

Und ohne Berge kein flaches Land, und ohne Norden keinen Süden. Dann und wann sehe ich uns gemeinsam vom Norden her über das flache Land spülen und an den Alpen zerschellen. Das Wasser sinkt in die Nordsee zurück, der Süden bleibt aus. Aber manchmal stauen wir uns jenseits des Gebirges in einem südlichen Becken, um zu verdunsten. Die Bücher sprechen von der Auflösung der Elemente. Könntest du mir erzählen, wie es ist, wenn man stirbt.

So weit!

19. März

Weiß ich, wie klobig die Schuhe waren, die das Kind trug? Und wann es sich sicher war, die Last abwerfen zu können?

Mit siebzehn fing sie an, Tauschgeschäfte einzugehen. Man sagte, sie lebe von den Männern. Den ersten traf sie in Berlin auf der Straße, er nannte sich Byron und spielte Gitarre. Sie wurde seine Sängerin. Dann kam der spanische Maler, Julio, er schwärmte von ihr, sie war sein Modell. Sie nahm dessen Freund, er machte die ersten Fotos. Gianni, o Gianni! In Italien zeigte er ihr, wie man fotografiert. Doch als sie ihre Bilder im Kasten hatte und sie entwickeln wollte, ging er fort. Sie kaufte sich eine eigene Kamera.

Hier ist der Sprung im Spiegel, er zieht sich schräg über die blanke Fläche, der Linie entlang bilden sich matte Flecken. Säureflecken. Stockflecken. Blinder Grünspan auf der makellosen, glänzenden Haut. Neu ist leicht. Doch nie gelingt mir der Sprung in ihre andere Welt.

Mit siebzehn war sie soweit, die ersten Schritte alleine zu tun. Sie ging in die Lehre, sie schwor sich, nie wieder arm! Die Lehre in der Tasche, fing sie an, hinter dem Rücken der Freundinnen Tauschgeschäfte zu machen. Mein Schuh und dein Schuh. Der erste Mann, Peter, hatte einen Laden, er erkannte ihr Talent, er stellte sie hinter die Kasse.

Neu ist leicht. Es war ein Obstladen, oder ein Blumenladen. Oder ein Gemüsestand – gerade so einer, wie ich sie liebe. Man steht auf offener Straße und kauft ein, hinter einem fließt der Verkehr, man schaut in die gefüllten Kisten, prüft, überlegt, aber schließlich fischt man sich ohne jeden Speiseplan die schönsten Früchte. Papiersäckchen werden gereicht, im Winter sind die Hände rot, die Säckchen landen auf einer Waage, die Waage zählt. Am Gemüsestand gibt es keine Kassierin.

Neu ist leicht. Er erkannte ihr Talent, sie war genau, er ließ sie die Buchhaltung machen. Sie vermißte die Menschen am Stand, den Fluß des Verkehrs, die vorbeiziehenden Menschen, die Bewegung. Sie zog den Schuh aus und warf ihn zu den verdorbenen Tomaten in die Tonne.

Sie wollte neue Länder, neue Kleider! Mit der Inhaberin des Jeansladens in King's Road kam sie radebrechend ins Gespräch. Sie war so sprühend, so lustig, sie würde Jeans und Pullover verkaufen! Sie würde jeden Samstag dem Zug der Punker durch die Scheiben mit Staunen und Abscheu folgen. In England werden die Schwarzarbeiterinnen wöchentlich abgerechnet, nie weiß man, ob man eine weitere Woche drankommt. Sie wurde weiterbeschäftigt, sie war gut, sie schien alle deutschen Urlauber in King's Road magisch hereinzuziehen, die französischen und holländischen dazu, und die englischen Kunden blieben lächelnd stehen und kauften ein. Doch dann flachten die Punkerdemonstrationen ab, sie konnte jetzt fließend Englisch, und King's Road wurde langweilig. Sie hatte genug Geld, sich gute neue Schuhe zu kaufen.

Zu einer Reise nach Schottland ohne Begleitung war sie nicht bereit. Lake District lockte, doch dann nahm sie den Zug nach Brighton. Die Französin aus ihrem Abteil nahm sie mit in das Haus ihres Freundes, dort legte sie sich auf den Wohnzimmerteppich. Müde war sie, sie schloß ein wenig die Augen, während der Freund an der Französin arbeitete, bis sie stöhnte. Sie schlief nicht, sie bewegte sich scheinbar im Schlaf, da kippte der Aschenbecher, der neben ihr auf dem Boden stand. Alle schreckten hoch, es war Zeit, in ein Pub zu gehen. Ein vierter gesellte sich zu ihnen, er lehnte sich an sie, und sie rückte ab. Nachts warf der Fremde Steinchen über die Gartenhecke und rief ihren Namen.

Am nächsten Morgen zählte sie die orangefarbenen Steine am Strand, dann zog es sie zurück zum Bahnhof, denn am Bahnhof von Brighton wartete August auf einen Zug. August war Deutscher, August war high. Sie verachtete Drogen, aber August wußte von einer Busverbindung zwischen London und Mailand. Die Fahrt ging über Paris durch halb Frankreich und von dort nach Norditalien, sie war so billig, daß sie einfach mitfahren mußte, auch wenn sie nicht wußte, wozu. Sie begleitete August nach Mailand, dort angekommen würde sie erfahren, warum.

Der Bus war schütter gefüllt mit Mädchen und Freaks aus verschiedenen Ländern. An den Grenzen verstummten die Gespräche, die Freaks quetschten sich in die zerschlissenen, plastikbezogenen Sitze und hielten den Atem an. Die Mädchen lauschten gespannt in die Stille hinein. Augusts rechte Hand lag wie immer verkrampft auf seinem zusammengerollten Schlafsack, das einzige, was er besaß. Nicht einmal Zähne hatte August.

Ungeprüft rollte der Bus über alle Grenzen. Kaum in Italien, lebte August auf, entrollte seinen Schlafsack, zog ein Päckchen heraus und drehte einen Joint, den er großzügig weiterreichte. Auch andere hatten Joints und ein paar Flaschen Bier, es wurde gefeiert. In Mailand stieg sie mit August aus, sie waren wieder auf einem Bahnhof. Es war früher Morgen. In der großen Halle lagen Menschen zwischen Dosen auf dem Boden, in Schlafsäcke gerollt. Sie setzte ihre Sonnenbrille auf, sie war zwanzig.

August erzählte, er wolle ins Friaul, wo er seine italienischen Freunde mit Stoff versorge. Danach wolle er mit dem Bus zurück nach London. So mache er es das ganze Jahr hindurch, nur manchmal, wenn er gut verdient habe, leiste er sich ein Ticket nach Brighton, um das Meer zu sehen. Zum Abschied reichte er ihr seinen zahnlosen Mund.

In Mailand traf sie einen Fotografen im Trenchcoat. Gianni,

o Gianni! Gianni stand morgens auf dem Bahnsteig und sah sich um, dann schlenderte er am wartenden Zug vorbei, schritt durch die Halle und zurück, wieder vor, nahm an der Bude einen frühen Espresso, wieder zurück, er stieg über die letzten eingerollten schlafenden Leiber, spickte mit dem spitzen schwarzen Schuh die Dosen beiseite, schritt weiter die Halle ab und sah sich um. Gianni trug eine Sonnenbrille, die Brille fixierte sie, so lernten sie einander kennen. Er ging auf sie zu mit offenen Armen, er gestand ohne Umschweife, daß er einen guy gesucht habe, aber immer, verdammt immer, traf er am Bahnhof von Mailand ein girl. Und was für ein girl! Gianni sagte ihr, wer sie war. Gianni war beweglich wie ein Schiffstau. Und Gianni war nicht wie August.

Gianni verduftete nicht in blaue Dunstwolken, er war präsent und griff nach ihr und beutete sie aus und gab ihr, was er besaß. Sie lebte ein Jahr lang in seinem Studio in Mailand, meist war sie allein, nur manchmal war Gianni da. Alles durfte sie haben, nur keinen eigenen Willen. Am Ende warf er sie hinaus, es war nicht zu früh, sie sprach eine dritte Fremdsprache und besaß eine eigene Kamera.

Mit den Voraussetzungen für ein eigenes Fotogeschäft ging sie nach Berlin, um dich zu finden.

In der ersten Woche nach ihrer Entlassung regnete es unentwegt, und sie hatte den Eindruck, von allen Seiten überschwemmt zu werden. Im Norden und Westen war das aufgewühlte Meer, das mit jeder seiner grauweißen Wellenbewegungen näherzurücken schien. Die Kraft des Wassers hatte längst das Stück Land unterworfen, das an ruhigen sonnigen Tagen den Turm von der Küste trennte, jetzt stießen die Wellen heftig an die Mauern des Turms, und von dem kleinen Deich, der sonst Dünen und Straße trocken hielt, war nur noch der oberste Rand zu sehen. Nach Süden und Westen hin waren in den Dünen zahlreiche Seen entstanden, links und rechts von der Straße floß Wasser und schwemmte den Sand unter dem Schotter aus, so daß der Weg da und dort wegbrach. Der Himmel schien flüssig zu sein, er schüttete sich aus und legte einen dunklen nassen Schleier über das Land und auf die Straße und alles Lebendige, das sich in die Ritzen der Erde verkrochen hatte. Sie stand morgens auf, heizte ein und versuchte, ihre Kleider und die Decken über dem Feuer trocken zu halten, so gut es ging. Die Feuchtigkeit kroch selbst in das Innere des Turms, der sonst trocken und sicher war. Sie kochte die üblichen Kartoffel auf der Küchenhexe, ein Vorgang, der es ihr nahelegte, die brodelnde Oberfläche des Wassers im Topf zu beobachten. Da bäumten sich die Elemente bedrohlich auf, Feuer und Wasser forderten respektvolle Distanz, aber es war letztlich diese beklemmende und gefährliche Kraft, die die Kartoffeln gar werden ließ und genießbar machte. Sie trank viel Wasser.

Das schlechte Wetter zwang sie, die meiste Zeit im Haus zu verbringen. Sie ging einmal am Tag zum Brunnen, um Wasser zu holen, danach hatte sie eine Stunde lang zu tun, um ihre mit nassem Sand vollgespritzten Sachen zu reinigen und Turmeingang und Treppe von den Fußspuren zu befreien. Am dritten Tag hatte sie den Gedanken, mehr Wasser zu holen, sie füllte alle verfügbaren Gefäße und ging mit dem Kanister ein zweites Mal hinaus. Die letzte Ration goß sie von oben über die Treppe hinab in dem Gedanken, so auf einfache Art und Weise den Aufgang von den Sandspuren zu befreien. Sie trieb die Tatsache, von Wasser umgeben zu sein, an die Spitze, und die Vorstellung, in ihrem Raum eingeschlossen zu werden, machte sich in ihr breit. Dieser Gedanke hatte nichts Ängstigendes an sich. Sie würde, sollte das Wasser bis nach oben steigen, auf die große Fläche hinaustreiben und mit eigenen Kräften an Land schwimmen. Noch hatte sie Zeit, sich in diesem Raum einzurichten und sich an die Situation des Leuchtturms zu gewöhnen. Sie las in den Briefen und Karten, sie dachte an Bert.

Ich bin tot, sagte der Mann, der nachts an ihrem Lager saß, und: Ich werde nicht von mir reden. Ich bin nur ein Glied in einer Kette, und die Vorfahren drängen zur Sprache. Im Moment des Sterbens erkennt man, daß man ein Nachfolger ist, weiter nichts. Die Geschichte meines Vorgängers ist mir jetzt gegenwärtig, ich werde sie erzählen, denn sie steht für mich wie für die anderen Glieder der Kette. Nur wer eng sieht, trennt das eine vom anderen. Wir alle sehen eine gewisse Zeit lang sehr eng, wir sehen nur uns. So sind wir beschaffen, und es ist nur eine Frage unserer Bedingtheit als Mensch, die durch den Tod aufgehoben wird. Der Tod eröffnet in jedem von uns eine größere Perspektive, doch vergessen wir darauf, wenn wir geboren werden, wir schlüpfen in ein enges Gewand und bekommen einen Namen. Auch ich werde mich nicht mehr erinnern.

Ich nenne ihn den Pfeifer, er hatte ein kurzes Leben, er erlitt einen sinnlosen Tod, fuhr der Mann fort. Der Pfeifer wurde ermordet, er wurde einem Ziel geopfert, das es nicht gab. Aber das war nicht seine Sache. Der Pfeifer war kein Held, sein Leben nicht geprägt von einer Reihe richtiger, wichtiger Entscheidungen. Es gibt das eine und es gibt das andere in einem Leben, und wir können die Dinge beurteilen, wenn wir wollen. Doch unsere Urteile ändern nichts daran, ob einer die Frage des Lebens durch frageloses Leben beantwortet oder nicht.

Er hatte natürlich nie gedacht, er werde jung sterben. So sorglos wie er wuchs in seiner Zeit selten einer auf. Seine Familie war wohlhabend, sie pflegte Freundschaft und Zugehörigkeit, und er lernte, sich unter den Menschen, die ihn umgaben, zu behaupten. Der Vater hatte sich davongemacht, doch seine Mutter war Teil einer großen Sippe, und ihr Bruder wurde für den Kleinen der Vater. Er ging mit dem Jungen hinaus in die Weinberge und erklärte ihm den Vorgang des Wachstums. Er zeigte, wie das Wachstum zu fördern war, was es behinderte. Wie man die Reben binden mußte, wie man sie schneiden mußte, wie zu düngen war und wie man die

Schädlinge vom Weinberg fernhielt. Er war bei der Ernte immer dabei, schon als Kleinkind im Wagen, später kroch er zwischen den Beinen der Frauen umher und sammelte Schneckengehäuse, begutachtete sie eingehend und stundenlang. Wie man die Trauben erntete, mußte ihm niemand zeigen, er lernte es von selbst und führte es ohne Frage aus, sobald er groß genug war, um die Trauben zu erreichen. Jetzt war es wichtig, laut und deutlich und sicher zu sein, denn die Mehrzahl der Erntehelfer waren Frauen, sie hatten eine Art zu sprechen, von der er sich unterscheiden zu müssen glaubte. Er beteiligte sich nicht an dem monotonen Singsang ihres Geplauders, meistens schwieg er, nur wenn der Korb auf seinem Rücken zu schwer wurde oder wenn er Hunger und Durst hatte, meldete er sich mit einem durchdringenden Pfiff. Daher wurde er nicht bei seinem Namen gerufen, alle nannten ihn den Pfeifer, und seine Art, sich kurz und bündig mit einem Pfiff zu verständigen, provozierte Heiterkeit.

Der Pfeifer arbeitete im Hof des Onkels, er war nicht Herr, aber auch nicht Knecht, er hatte eine angenehme Stellung dazwischen, sie hielt ihn frei. Der Onkel weihte ihn in die Verantwortlichkeiten des Unternehmens ein, doch mußte er die letzten Konsequenzen nur beurteilen, nicht tragen. Er wurde in die Gespräche und Beratungen miteinbezogen, der Onkel schätzte seine Meinung und den Instinkt dessen, der nicht unter dem unmittelbaren Druck des Erfolges stand. Manche Jahre waren schwierig, und der Ertrag der Ernte war, gemessen an den vielen Familienmitgliedern, die alle von dem einen Hof lebten, nicht gerade üppig. Der Pfeifer entwickelte im Laufe der Jahre brauchbare Konzepte für das bäuerliche Unternehmen, die alle darauf hinausliefen, Risiken einzugehen und Neues zu erproben. Das Land, das viele Jahrzehnte lang nur für den Weinbau genutzt worden war, eignete sich auch für anderes. Der Pfeifer setzte sich mit seinen Ideen durch, Obst und verschiedene, kaum bekannte Hölzer gehörten allmählich ebenfalls zur Wirtschaft des

Onkels. Der Pfeifer spezialisierte sich auf Hart- und Edelhölzer, das Wissen über den Anbau und die Behandlung seiner Bäume entnahm er den Büchern, die er sich aus der ganzen Welt kommen ließ. Er war jung, die Bäume brauchten ihre Zeit, um etwas abzuwerfen und den vollen Nutzen zu bringen, aber gerade als das Geschäft begann, ein gutes zu werden, mußte der Pfeifer ausrücken.

Er war ein sonderbarer Mensch. Schweigsam und spröde, beinahe unzugänglich, wirkte er doch außerordentlich stark, fast unbesiegbar, getragen von einem Glauben an positive Umstände und Kräfte. Wenn wir ihnen nur die Möglichkeit geben, uns zu helfen, war einer seiner Sprüche, und niemand wußte genau, von wem die Rede war. Aber es machte nichts, was der Pfeifer vorschlug, bewährte sich, was er ohne viel zu reden anpackte, gelang, und der Gedanke, daß da zuweilen jemand nachhalf, störte niemanden, an den guten Umständen und Kräften des Pfeifers mußte, betrachtete man die Tatsachen, etwas dran sein.

Der Pfeifer durfte, wenn er es für richtig hielt, pfeifen anstatt zu reden. Es wurde ihm nicht als Unhöflichkeit ausgelegt, wenn seine Gesprächsbeiträge manchmal nur in einem warnenden oder begeisterten Pfiff bestanden, man verstand ihn auch so, und das war einzig wichtig. Die Deutung seiner Pfiffe wurde unter den Leuten zu einem Spiel, sie ergingen sich zuweilen in ausschweifende Spekulationen über ihre Bedeutungen, bezogen auf das jeweilige Geschehen. Nur wenn es galt, den Onkel von einer Sache rasch zu überzeugen, zeigte der Pfeifer, daß er sehr wohl reden konnte, und wie.

Da der Pfeifer ein schöner Mensch war, war immer ein Mädchen hinter ihm her, was er höchstens durch den einen oder anderen leisen, lauten, dunklen oder fröhlichen Pfiff quittierte. Es war ihm letzten Endes gleichgültig, was die Mädchen von ihm wollten. Es schien, als habe er keine Ahnung von dem, was Männer und Frauen aneinander interessiert. Aber dann kam eines Sommers die Freundin seiner

Kusine zu Besuch, die Tochter eines Arztes, ein Stadtkind, das von der Landwirtschaft keine Ahnung hatte und jede Art von Tieren fürchtete, sogar Schnecken jagten ihr Angst ein. Gerade dieses Mädchen wollte der Pfeifer, also verlegte er sich aufs Reden und wurde ihr ständiger Begleiter. Er erzählte ihr alles über seine Bäume, und er tat es auf so spannende Art und Weise, daß sie bald auf diese Art der Unterhaltung nicht mehr verzichten wollte. Der Pfeifer deutete dem Mädchen anhand der Bäume die Welt, er, der nicht viel gelernt hatte, schien zu wissen, welchen Gesetzmäßigkeiten die Natur folgte und welche Haltung die Menschen dazu einnehmen konnten. Der Pfeifer hatte eine Philosophie, sie war einfach, man konnte sie als naiv bezeichnen, aber für das Mädchen war es nur wichtig, daß sich diese Philosophie auf hundert verschiedene Weisen darstellen ließ, was Geschichten ergab, die anhand der konkreten Erscheinungen bestätigt werden konnten. Es gab ihr die Sicherheit, der Pfeifer sage immer die Wahrheit.

Schon bei ihrem zweiten Besuch verlobte sie sich mit ihm, er war zweiundzwanzig, sie achtzehn. Ein paar Monate lang sprachen die beiden immer wieder vom Heiraten, doch der Vater des Mädchens verlangte Bedenkzeit. Der Pfeifer und das Mädchen schienen – verheiratet oder nicht – völlig ineinander aufzugehen, es gab nichts anderes mehr für sie als den Pfeifer, und der Pfeifer hörte auf niemand anderen mehr, nur auf sie. Dann, nach Weihnachten, in den ersten Tagen des neuen Jahres rückte er aus.

Zuerst hatte es so ausgesehen, als würde er verschont bleiben. Der Onkel hatte gegenüber der Behörde mehrmals glaubhaft machen können, daß der Pfeifer auf dem Hof unabkömmlich war, mochten die draußen Krieg führen, hier brauchte man die wenigen Männer für die Wirtschaft. Nicht daß man gegen Hitlers Feldzug gewesen wäre, das gerade nicht, es war ja gut, daß einer die Sache der Deutschen in die Hand nahm. Man wußte ja, wie einem die Nichtdeutschen zusetzen konnten, der Onkel und der Pfeifer hatten mit den Walschen notgedrungen zu tun, im Unterland gab es ja viele von ihnen, man kam ihnen nicht aus. Wäre es möglich gewesen, so hätte man jeden Kontakt mit ihnen vermieden, aber in diesem Landstrich mußte man sich mit den Walschen arrangieren, es kam sogar vor, daß man sie brauchte. Um ihnen dennoch die gegebene Kluft und die nötige Distanz zwischen den Volksgruppen vorzuführen, redeten der Onkel und der Pfeifer grundsätzlich nur in einer Mischsprache aus Deutsch und Italienisch, wenn sie mit Walschen zu tun hatten, gerade soviel Italienisch war dabei, um verstanden zu werden, mehr nicht. Die Walschen sollten mit ihrem Fremdsein konfrontiert werden, sie waren hier die Zugezogenen, die, die sich anzupassen hatten. Am liebsten hätte man die Walschen hinausgeworfen, hätte man eine Handhabe gehabt, so hätte man das Land gerne gesäubert und befreit. Aber einen Krieg zu führen, das war wieder etwas anderes, das war mehr als eine Klarstellung und es war mehr als ein Befreiungsakt. Für einen Krieg hatte man weder Zeit noch Geld, man hatte Wichtigeres zu tun, außerdem war es gegen die christlichen Grundsätze, einen anderen zu töten, und sei er noch so ungern gesehen. Der Hitler sollte draußen nur machen, aber nicht mit ihnen. Deshalb hatten sie ja schließlich auch nicht für Deutschland optiert, aus Liebe an dem, was man das Eigene nannte, um nicht hineingezogen zu werden in etwas, was nicht das Eigene war. Einer, der nicht in Hitlers Krieg zog, war nicht feig, er war vernünftig.

Aber nach vier Jahren Krieg war keine Ausrede mehr gut, der Hitler brauchte mehr Leute, um seine Fronten zu halten, und die Jungen im Land waren endgültig dran. Der Pfeifer stieß Luft durch den Spalt zwischen seinen Schneidezähnen, er legte sich zurecht, Besitz und Werte zu schützen, indem er hinging und mitmachte. Er zog die Uniform an und dachte, daß er bald Mittel und Wege finden würde, um von dort wieder wegzugehen. Um irgendwohin zu gehen, um sich nach einem Ort versetzen zu lassen, an dem er die Sache rasch und ohne großen Aufwand hinter sich bringen konnte. Alles war ihm bisher gelungen, und schließlich war ihnen gesagt worden, daß es nur wenige Wochen dauern würde, daß der Krieg ohnehin bald gewonnen war.

Es dauerte nur wenige Wochen, aber der Krieg war deshalb nicht gewonnen. Bald war der Pfeifer an der russischen Front und erlebte, wie einer seiner Freunde mit einem Kopfschuß liegen blieb und weggebracht wurde. Die Reise des Freundes ging in ein Lazarett, und der Pfeifer sah ihn nie wieder. Nicht weil der Freund an seinem Kopfschuß starb, nein, der Freund wurde geheilt und lebte weiter, sondern weil der Pfeifer kurze Zeit später selbst liegen blieb und nirgendwohin gebracht werden mußte. Einen Soldaten seiner Gruppe bat er noch, das Mädchen, seine Braut, aufzusuchen und ihr zu sagen, er werde bald daheim sein, dort im althergebrachten Weinberg, im exotischen Edelholzwäldchen. Der Soldat traf den Freund des Pfeifers im Lazarett, und so sind am Ende schöne Grüße des Toten zu Hause angekommen, eine ganze Weile, nachdem die Nachricht vom heldenhaften Tod für das Vaterland bereits eingetroffen war. Der Leichnam des Pfeifers aber blieb im fremden Land.

Sie hörte nicht mehr, wann der Tote verstummte, sie sah nicht, wie er verschwand. Das Märchen des Pfeifers hatte sie eingehüllt in einen Schleier, die Trauer hatte begonnen, sich aus den Zellen ihres Systems zu lösen. Der Regen hielt zwei weitere Tage an, sie aß nicht, sie trank viel, sie rann aus, und das machte sie merkwürdig leicht. Dann zog sich das Wasser allmählich zurück, der Sommer zog ein.

4. April

Soeben komme ich von deinem Grab nach Hause zurück, wieder einmal habe ich nicht viel zustande gebracht, eine gute Gärtnerin war ich noch nie. Ich erinnere mich, wie unser Gemüsegarten unter meinen Händen verkam, weil ich lieber dastand und über die Felder schaute, als Schaufel und Hacke zur Hand zu nehmen. Du machtest dir nichts draus.

So stand ich auch heute auf dem Friedhof, wollte das Grab von Gestrüpp und Unkraut befreien und eine Pflanze setzen, aber mein Blick schweifte fort, weg. Der weite Blick hat mich noch immer zu mir geführt. Auch diesmal hattest du Verständnis dafür. Das Grab darf verkommen, die Pflanzen dürfen knicken, und bevor die Erde austrocknet, die Blumen verdursten, fällt sicher etwas Regen, in den Alpen braucht man keine Gießkannen, hörte ich dich sagen. Eher braucht man große Regenschirme in den Alpen, ich hörte dich scherzen, spann doch einen Regenschirm über mein Grab, damit keiner das Unkraut sieht. Dabei beobachtete ich die liebevollen Hände meiner Nachbarin, die in der Erde und zwischen den Pflanzen herumwühlten, dem Grab eine gepflegte Gestalt gaben. Deine Nachbarn haben ordentliche Gräber, Liebster, siehst du das? Gerne würde ich Dinge, die ich im Freien finde oder die zu meinem Hausstand gehören und die mir lieb sind, auf den Friedhof tragen, dein Grab damit schmücken. Doch bald würde die Friedhofsleitung einschreiten, Unordnung, Unangemessenheit reklamieren, also tue ich es nicht. Warum nur bist du hier begraben und nicht dort am Strand des Nordens, wo du hingehörst?

Die letzte Reise in den Süden machten wir alle gemeinsam. Die weihnachtlichen Schlitten hatten wir ja verpaßt, wir waren nicht durch den Schnee zur Mitternachtsmette gestapft und hatten keine langen Winterspaziergänge gemacht, wie ich mir das gewünscht hatte. Der Junge hatte nicht das Schilaufen gelernt, wie es sich gehört hätte. Auch meine Töchter hatten etwas versäumt, sie hatten darauf verzichten müssen, euch beiden all das zu zeigen, was ihr Eigentum war: Die hohen Berge, die Stadt in den Bergen, die umliegenden winkeligen Dörfer mit den Häusern, die so schön und weiß sind, wie man das bei euch nicht kennt, die Schule, die viel größer und moderner ist als jene im Norden, und vor allem das Haus, in dem wir gelebt hatten, bevor wir in den Norden gezogen waren. Die Mädchen redeten nicht viel darüber, aber ich wußte, wie wichtig es ihnen war, etwas zu besitzen.

Ich erinnere mich an den Abend, an dem du wie aus blauem Himmel in die Runde warfst, daß wir am besten bald alle gemeinsam reisen sollten. Ich war gerade erst seit wenigen Wochen wieder zurück aus dem Gebirge. Du hattest mich natürlich noch einmal für dich gewonnen, und als ich in deinen Armen lag, wußte ich nicht, wie ich je daran hatte zweifeln können. Die Schulferien waren zu Ende, der Alltag hatte uns alle wieder in festem Griff. Du warst klar und bestimmt wie zu Eis gefrorenes Wasser, nur ich durfte daran rühren, es ein wenig tauen. Während ich nicht da gewesen war, hattest du um die Lösung gerungen, es gab nur eine, nie hatte es eine andere gegeben, obwohl du, obwohl wir über Wochen um die verschiedenen Möglichkeiten gekreist waren. Dem Gegner mußte geradewegs ins Auge geblickt werden, damit er aufhörte, ein Gegner zu sein, damit er wieder zum Menschen werden konnte. Zu uns vieren sagtest du eines Abends bei Tisch: Jetzt weiß ich meinen Beruf, ich bin Vater.

An einem der Weihnachtstage warst du zu ihr gefahren. Den Jungen hattest du nicht mitgenommen, du wolltest alle Konzentration für dich und die Frau haben, um die schwierigen Worte im richtigen Ton über die Lippen zu bringen. Zu den Worten aber hattest du dich schon zuvor, in tagelangen Selbstgesprächen durchgearbeitet. Sie enthielten deine Bestimmtheit genauso wie dein Nachgeben. Du wolltest den Jungen behalten, das war deine Bestimmtheit, aber du warst bereit, ihn herzugeben, wenn es sein mußte, das war dein Nachgeben. Ich will, du sollst wissen, daß ich will, das ist mein Teil, meine Entscheidung. Ich muß, du sollst wissen, daß ich nur muß, und das ist dein Teil, deine Entscheidung. Es gab kein Bitten mehr, nur das bewußte Übergeben der Verantwortung. Da du ihr nichts mehr vorenthalten wolltest, konnte sie die Entscheidung, wenn nicht zurücknehmen, so doch aufschieben.

Du warst klar und bestimmt wie zu Eis gefrorenes Wasser, das machte dich schön. Mit dir war nicht zu spielen, nicht ich durfte es, nicht sie. Wer bleiben will, kann bleiben, das waren deine Worte gewesen, und ich war weggefahren. Willkommen sagtest du, als du uns am Bahnhof abholtest, wir in deine Arme liefen. Ich war gekommen, bereit, den Kampf, die Ungewißheit, das Chaos wieder auf mich zu nehmen. Nichts anderes war letztlich denkbar, da ich bei dir sein wollte und nirgendwo sonst. Ich war guten Mutes, die Schwierigkeiten besser als zuvor meistern zu können. Doch deine Klarheit und Bestimmtheit beseitigten unser Chaos mit einem Mal. Mit deiner Entscheidung, den Jungen herzugeben, wenn sie das wirklich wollte, glätteten sich die Wogen. Der Junge entspannte sich, die Mädchen konnten sich von mir lösen und mehr auf ihn zugehen, die drei wußten einander wieder zu nehmen, der Dauerkrieg erlosch. Wir beide hatten endlich mehr Zeit für uns. Doch was so einfach klingt, war für dich nur durch schwere Arbeit zu erreichen. Du warst blaß und müde wie einer, der durch Strapazen gegangen war und der jetzt weiterschuftete, um das Erreichte zu erhalten. Die Bereitschaft zum Verzicht war dir schwergefallen, und auch, nachdem alles ausgesprochen war, mußtest du diese Bereitschaft täglich neu erobern.

Ich war überrascht, daß du mit uns in die Alpen fahren wolltest, bald, sehr bald. Als du von einer Belohnung für uns alle sprachst, glaubte ich dir. Ich glaubte dir die Vorstellung von Erholung und Spaß und Winter und Sport, ich glaubte dir deine Lust, noch einmal meine Heimatstadt besuchen zu wollen, um das Versäumte nachzuholen, endlich meine Verwandtschaft kennenzulernen, um deinen Stand an meiner Seite zu festigen. Ich glaubte dir auch dein Vorhaben, einmal allen meinen Freunden zumindest die Hand schütteln zu müssen, um dich als mein Mann auszuweisen. Ich ließ mich von dir forttragen in schöne Bilder, in allerlei Geselligkeit und Freude und Lust, in einen herrlichen Familienspaß erstmals, da wir gerade anfingen, eine Familie zu sein. Du wolltest etwas für dich selbst, einige ruhige entspannte Tage, du wolltest meine Freude und meine glühenden Wangen im

Schnee sehen, das Knirschen des Schnees unter unseren Füßen hören. Und du wolltest etwas für die Kinder, dein Sohn sollte Schier bekommen und vor deinen Augen das Wagnis einer rasanten Abfahrt eingehen, ihr schwärmtet davon. Du wolltest unbedingt alles sehen, was meine Töchter besaßen, ihr maltet euch lange geheime Spaziergänge durch die Stadt aus, ich sollte nicht dabei sein, denn schließlich brauchte ich nicht alles zu wissen, sagtet ihr. Wir lachten.

Ich erinnere mich, wie verwirrt ich über deinen Vorschlag einer gemeinsamen Winterreise war, wie ich zuerst den Kopf schüttelte und nein sagte, sehr bestimmt nein, es war nur ein kurzer Moment. Bald darauf verstand ich meine Reaktion selbst nicht mehr und freundete mich mit dem erneuten Aufbruch an. Ich glaubte dir jedes einzelne schöne Bild, weil ich sah, daß du selbst daran glaubtest. Später erfuhr ich, daß du einen anderen Grund gehabt hattest, die Reise anzutreten, aber auch das ist schließlich nicht mehr als ein Gedanke, eine Vorstellung. Wir ließen die Kinder für eine Woche vom Unterricht befreien und fuhren los, neue Schier im Gepäck, und wenn ich es recht bedenke, so gibt es nicht immer eine Wahl, manchmal gibt es nur ein Schicksal, kein Ausweichen, keine Flucht. Wer bleiben kann, bleibt, und wer gehen muß, der geht.

15. April

Ich mag den Satz, der lautet: Feststellen, was der Fall ist. Aber, indem ich unsere Geschichte festhalte, hinke ich hinter dem Satz her, mit jedem Wort verrate ich ihn. Ich möchte ihm gerne gerecht werden, rede mich auf die Zukunft hinaus. Einmal, sage ich mir, werde ich alles aufgeben, bloß am Fenster stehen, auf ein Meer hinausschauen, feststellen, was ist. Irgendwann werde ich neben mir stehen, mir bei dem, was ist, zuschauen.

Damals, als ich dich auf dem Boden liegend fand, starr, mit aufgerissenen Augen, ging eine Keule auf mich nieder, und ich stellte fest, was war. Der Schlag hatte alles weggefegt, was denkbar und fühlbar sein konnte, er hatte einem Raum Platz gemacht, der völlig leer zu sein schien. Darin waren nicht wir, du tot auf dem Boden, ich zu dir herabgebeugt, wir waren das nicht. Da war nur ein Ist, ein von uns nicht berührter Zustand, nicht zugeordnet, nicht abhängig, bezogen auf nichts, eine Lücke zwischen gestern und morgen. Später nannten die Ärzte meinen Zustand Schock, die Freunde sagten, es handle sich um einen Schonraum, ich aber sah in ihm das Eigentliche, den Raum, aus dem ich komme und zu dem ich zurückgehe. Erstaunlich, daß wir diesen vertrauten Raum, diesen angenehmen schwerelosen Zustand vergessen, daß wir es vorziehen, in einer Welt dichter Bilder und Projektionen, lauter Illusionen zu leben. Damals saß ich bei dir, man hatte dich auf das Bett gelegt, und ich saß daneben auf dem Boden, berührte deine nackten Füße und starrte dich an. Es war schön, denn das waren nicht wir, oder: wir waren eins, das Bett, das Zimmer, du, ich, das Atmen des Zimmers, ein sanftes Beben in der Luft, Lautlosigkeit jenseits der aufgeregten Stimmen im Haus. Die verstörten Kinder, fremde Menschen, Ärzte, Polizei, alle sprachen durcheinander, manche versuchten mich zu erreichen, mir Fragen zu stellen, doch das war nicht ich. Erst als sie dich fortgetragen hatten, kehrte ich langsam zu mir zurück, unterschied mich wieder von den Menschen und Dingen, konnte den Fragen eine Antwort geben.

Nur fünf Tage dauerte unsere Winterreise, wir fuhren, kamen an, schüttelten die Hände der Verwandten und Freunde, du machtest deinen Spaziergang mit den Mädchen, der Junge wagte es und fuhr eine Piste ab, obwohl er bis dahin noch nie auf Schiern gestanden war, und einmal machten wir unseren nächtlichen Winterspaziergang, kalte Gesichter hatten wir, und der Schnee knirschte unter unseren Füßen. Du erzähltest von einer seltsamen, noch nicht erlebten Angst, ich verstand dich nicht. In meine Heimatstadt fuhren wir nicht mehr, die Mutter hast du nie kennengelernt, ihre Hand hast du nie geschüttelt, in ihre Augen nie geschaut, und doch hat sie geweint um dich wie um einen nahen Freund. Warum dies so war, habe ich mich oft gefragt, eine Antwort habe ich schließlich gefunden, später.

20. April

In den ersten fünf Tagen unserer Reise verlief alles so, wie wir es uns ausgemalt hatten, und doch: Kaum waren wir abgereist, warst du verändert, du warst abwesend, noch dünner, noch schwächer, noch bleicher als zuletzt. Ich sorgte mich um dich, bemühte mich um Nähe und Verstehen, du konntest nicht dableiben mit deinen Gedanken, etwas zog dich immer wieder fort. Alles verlief so, wie wir es uns gedacht hatten, und doch war alles anders, wir hatten den Tod bei uns und wußten es nicht. Und dann hattest du Schmerzen, man ließ dich ins Krankenhaus einliefern, entließ dich aber bald wieder, man fuhr dich zu mir, in unsere Urlaubshütte am Fuß der Berge. Dein Leiden war kalkulierbar, nicht gefährlich, sollten wieder Schmerzen eintreten, so solltest du wieder in die Klinik kommen, sagten sie. Ich ging mit den Kindern Schlittenfahren, während du schliefst. Und dann ein Filmriß, eine Filmfigur gelöscht, und wir, die zurückgeblieben waren, waren auf Reisen, die Räder rissen uns fort, wohin.

Wie gerne würde ich dir erzählen, wie es weiterging! Der Gedanke, wie sehr ich dich damit unterhalten könnte, belustigt mich, ich sehe uns am Tisch sitzen und eins nach dem anderen durchgehen, immer mehr würdest du wissen wollen und alles würdest du erfahren. Kein bißchen Geheimnis würde ich aus mir machen, denn du warst ein Mann, der wirkliche Fragen stellte, der zuhörte. Mit dir konnte man reden. Was leiden wir an den Menschen, die nichts von sich preisgeben, sich bloß in die eigenen Gedanken verkriechen und dichtmachen! Wieviel Mißachtung liegt in der Verweigerung einer offenen Sprache!

Wie gerne würde ich dich fragen, was du von dem einen oder anderen meiner Freunde hältst. Ich würde deine Eifersucht sehen und sie dir abnehmen, wie man einem anderen die Brille abnimmt. Das Entscheidende ist, du würdest dir die Brille abnehmen lassen, du würdest gerne wahrhaben wollen, wie sehr ich mit dir bin, jetzt, und daraus ergäbe sich nichts anderes als die schlichte Betrachtung von Lebensstücken, die sich nur deshalb ereignen, damit wir das Gesamtbild begreifen. Ob die Stücke deine, meine oder ihre sind, spielt eine geringe Rolle, sobald wir sie miteinander teilen. Gemeinsam würden wir sie betrachten und unsere Schlüsse daraus ziehen, und ich würde, wie ich es immer tat, etwas auf deine Meinung halten. So sehr ich geschlagen wurde durch deinen Tod, so sehr hat er mir wohl auch Glück gebracht. Du warst so wie du warst, weil du am Ende deines Lebens standst und instinktiv wußtest, worauf es ankommt. Einmal sagtest du, du seist jemand, der es versteht zu lieben.

Wir begruben dich hier in den Bergen, dein Nachbar stand unter den Menschen und weinte, dann fuhr ich mit den Kindern in den Norden zurück. Ich tat, als wüßte ich, was zu tun war: ihr den Jungen übergeben, das Haus und die Habe auflösen, die Dinge auseinanderrechnen, Schulden begleichen. Aber eigentlich handelte ich nicht, es geschah. All das hatte ich kaum in Besitz genommen, ich konnte es leicht verlassen. Nun lebe ich hier in der Nähe deines Grabhügels, ich lebe weiter. Ich warte auf den Tag, an dem die Töchter aus dem Haus gehen, allein oder mit irgendwem. Ich arbeite, ich besuche dich, arbeite wieder. Ich warte auf einen bestimmten Tag, aber was an diesem Tag geschehen wird, welche Entscheidung fallen wird, weiß ich nicht.

27. April

Ich habe wieder angefangen, unsere Post zu lesen. Der Stoß Briefe und Karten liegt nicht zusammengeschnürt in einer Kommode, er trägt keine getrocknete Rose als Schmuck. Die Briefe verstreuen sich im ganzen Haus, ich trage sie mit mir herum, lasse sie fallen, hebe sie auf, lasse sie wieder fallen. Ich klebe die Karten an die Wand, stelle die Fotos ins Regal.

An manchen Tagen liegt alle Post auf dem Boden meines Zimmers, mit nackten Füßen trete ich darauf, ich liege auf ihnen, berühre die Sätze mit Haut und Haar. Längst spreche ich deine und meine Wörter auswendig vor mir her. Was ich schreibe, ist nur ein Bruchteil von dem, was ich weiß, und doch sind mir meine Briefe an dich mehr als alles andere kostbar geworden, sie kommen zu den anderen, älteren Briefen, der Papierstoß wächst, und ich habe den Eindruck, länger mit dir gelebt zu haben als wahr ist.

Der Tag, an dem ich aus dem Haufen eine bestimmte Karte herauszog, war dein erster Todestag. Auch diese Karte hatte ich schon ein dutzendmal gelesen, immer hatte ich über den Scherz darin gelächelt, er war so typisch für dich, doch dieses Mal, plötzlich, hatte ich das Gefühl, die Karte sei völlig neu, von fremder Hand dazugelegt, oder vom Wind durchs offene Fenster hergetragen. Ich weiß noch, daß mir, während ich las, alles Blut aus dem Kopf wich, daß ich nicht mehr atmen konnte und hinfiel. Die Karte glitt mir aus der Hand, ich nahm sie erst wieder auf, als es mir wieder besser ging. Wieder las ich und zitterte und verstand nicht, warum ich diesen Text noch nie so, so wirklich, wahrgenommen hatte. Er gab mir die Erklärung dafür, warum wir jene Winterreise gemacht hatten, weshalb sie so enden mußte.

Hier gibst du klar und deutlich die Anweisung. Wenn ich sterben sollte, schreibst du, so will ich dort begraben werden, wo du jetzt bist, nur dort darf es sein, denn von dort komme ich, schreibst du. Aus deiner Gegend bin ich, vertrieben wurde ich und eine lange Reise habe ich hinter mir. Viele Abenteuer habe ich bestanden, doch jetzt ist es genug, ich bin müde und will nach Hause, dein Bauernbub. Ich konnte, sooft ich den Scherz las, nur die Anspielung ans Wildererdrama und die Liebeserklärung an mich darin hören, nicht die Anweisung.

Und an dem Tag, als ich die Karte wieder las, neu und ganz anders als bisher, war es gerade eine Woche, daß ich die Mutter besucht hatte. Sie war krank gewesen, hatte hohes Fieber gehabt und schien in besonderer Stimmung zu sein. Sie lag im Bett, ich setzte mich zu ihr, sie versuchte ihre Tränen zu verbergen. Ich legte meine Hand auf ihre Hand und strich ihr über die Wange, ich vermutete, sie dächte wieder einmal an ihren Mann, meinen Vater, der schon seit einigen Jahren tot war. Ich denke heute an etwas, das habe ich dir nie erzählt, sagte sie, ihre Stimme klang schwach. Eigenartig, daß ich immer wieder daran denken muß, heute, fuhr sie fort, doch sonderbar, weshalb ich es dir nie erzählt habe, ich habe dir nie davon erzählt, nicht wahr? Ich schüttelte fragend den Kopf. Als ich eine sehr junge Frau war, hatte ich einen Verlobten, er hieß Karl und war der Sohn eines Bauern, er hatte den Hof gerade vom Vater übernommen, und wir wollten heiraten. Aber dann kam der Krieg, er mußte einrücken wie alle und, ja, er ist nicht zurückgekehrt, nach wenigen Wochen kam die Nachricht, daß er gefallen war. Und jetzt. So lange habe ich nicht mehr daran gedacht, und heute fällt es mir wieder ein. Nein, ich erinnere mich nicht, damals besonders traurig gewesen zu sein. Es war eine schlimme Zeit, so vieles war schlimm zu jener Zeit, so viele kehrten nicht mehr zurück, man gewöhnte sich fast daran, das Leiden war allgemein, nicht persönlich damals. Ich kann mich nicht daran erinnern, lange getrauert zu haben, ich fand mich ab, ich war jung. Vielleicht war Karl auch mehr mit mir verlobt, als ich mit ihm, Karl war sehr vital und voller Begeisterung, er liebte die Tiere, und vor allem die Pflanzen liebte er; jeden Baum, jeden Strauch erklärte er mir, wenn wir spazierengingen, ich war an seiner Seite blaß und nichtssagend, ein Stadtkind, ich wußte nichts vom Wetter und der Luft und dem Himmel, nichts vom Wachsen und Gedeihen, nichts von den Ernten und den Gefahren für die Ernten, ich hörte Karl nur zu und trug nichts bei, sagte die Mutter. Warum erzähle ich dir das heute, jetzt liefen die Tränen ungehemmt über ihr Gesicht, und warum habe ich es vergessen, doch eigenartig. Heute liege ich da und will mich ausruhen und kann nicht aufhören, an Karl zu denken und um ihn zu trauern, sagte die Mutter.

1. Mai

Der Frühling taut allmählich das Land. Ich bin die Straßen hinaufgefahren, immer weiter, zuerst wollte ich die Abzweigung nicht nehmen, sondern geradeaus fahren bis zum Paß, dort aussteigen und mir den Wind um die Ohren blasen lassen, meine Augen auf die ausapernden Pisten legen, Erdflecken suchen. Ich konnte es nicht tun. Im Dorf mußte ich das Lenkrad drehen, die kleine Straße nach links abbiegen, an der Kirche vorbei, an dem Sportartikelgeschäft vorbei, in dem wir die Schihandschuhe für deinen Sohn kauften, und weiter an den schmucken Wochenendhäusern der Städter vorbei, solange, bis die Häuser unter mir lagen, der Kirchturm wirkt von oben klein und dünn wie ein Fleischspieß. An der Kreuzung wußte ich wieder nicht, welche Straße die richtige ist, ich habe sie zuerst verfehlt, mußte wenden und neu einfädeln. Das letzte Stück zu Fuß bin ich über Schneemulden und Erdhügel gegangen, aufgeweichte Erde, Nässe, die aus der Erde tritt, wenn der Schuh darauf drückt. Ich gehe, ich habe vergessen, warum ich es tue, ich denke an dich, daran, daß du mich gut kennst, auch jetzt noch. Du schaust mir beim Gehen zu. Du bist in den schwarzen Ästen der Bäume, du trittst hinter den Stämmen hervor und winkst, du nickst mir aus der Abendluft zu, liegst plötzlich am Wegrand, starr, du gehst mit. In der Ferne sehe ich das Haus, in dem wir zuletzt waren, das untere Stockwerk sieht man gar nicht, das Haus liegt in einer Senke. Ich fürchte mich vor Lawinen, orte immer wieder ein lautes Grollen aus der Richtung des Berges, aber der Berg hat nicht mehr genug Schnee für eine Lawine, ich bin mir selbst die größte Gefahr. Warum kennst du mich so gut? Du kennst mich und nimmst mich nicht mit deinem Wissen von mir in Besitz. Wir beide haben bald aufgehört, schöne Bilder auf den anderen zu legen. Sieben Leben hat die Katze, das hast du oft und gerne zitiert und damit auf die vielen Seiten in uns gezeigt. Im Aufgeben der Wahl liegt manchmal die Lösung.

Ich bin nicht bis zum Haus gegangen, ich habe mich auf den Weg gesetzt, bis ich naß und kalt war und die Dunkelheit das Haus beinahe aus meinem Blickfeld zog, und im Zurückgehen, als hinter der Wegbiegung das geparkte Auto auftauchte, habe ich gedacht, jetzt ist es genug, und es gibt kein Ziel. Ein Jahr und vier Monate, keine runde Zahl, nur eine Zeit, um zu begreifen: Ich muß dich nicht wegschreiben, du kannst bleiben. Erleichtert bin ich ins Auto gestiegen und nach Hause gefahren.

Ich öffne wieder die Balkontür, wann immer die Temperatur es zuläßt, nachmittags legt sich die Sonne auf meinen Rücken und wärmt mir den ganzen Körper und nachts lege ich mich mit einer Decke hinaus, um dem Himmel näher zu sein, und hinter dem Himmel, oder unter mir, auf der anderen Seite der Erde, weiß ich die Sonne, weiß, daß sie nicht aufhört zu brennen. Wenn die Arbeit es zuläßt, gehe ich hinaus ins Freie, aufs Land, ich gehe immer noch hundert Wege ab, es sind meine Wege, du gehst nicht mehr mit, stehst mir nicht im Weg. Ich steige auf die Berge, begierig auf den Blick über die Kante, ich stehe auf den Kanten, schaue auf die Abhänge und die sanften Ausläufer des Gebirges, ich höre auf keinen Steinschlag, fürchte keinen Sturz, ich schleudere mich voraus, hinab, doch falle ich nicht. Ich nehme das Fahrrad und trete Nutzloses beiseite. Manchmal renne ich auf die Straße und habe den Eindruck zu stehen, weil inmitten der Stadtgeräusche nichts als Stille ist. Die Sohlen fest auf dem Boden steige ich auf. Seit ich dir erlaube, da zu sein, bist du nicht mehr da als das, was du warst. Was wir waren, bin ich. Es gibt Zeit, die vor mir liegt, aber eine Zeit ohne Wünsche benimmt sich nicht wie die Zukunft.

Alles jetzt.

Am Ende war sie allein zum Leuchtturm hinausgefahren, zuerst mit dem Bus, das letzte Stück mit der Inhaberin des Lebensmittelladens in O. Von der Bushaltestelle war sie mit ihrem Koffer direkt zu dem Laden gegangen, in dem sie zuvor noch nie gewesen war. Sie sprach die Frau an der Kasse an und sagte ihr die Wahrheit. Sie wohne in Eriks Leuchtturm, jetzt nach einem Aufenthalt in der Psychiatrie wieder. Sie habe kein Geld und nichts zu essen, und wolle fragen, ob sie bei ihr arbeiten könne, gerade so viel, um sich das Essen zu verdienen. Sie habe da draußen zu tun und müsse viel alleine sein, aber wenn sie einen Tag in der Woche bei ihr arbeite, könne sie sich vielleicht damit Kartoffeln, ein wenig Gemüse, Haltbarmilch und Löskaffee für die Woche verdienen, das reiche. Die Frau musterte sie zuerst, erhob sich dann von ihrem Platz und ging nach hinten, die Tür blieb offen, und die Frau rief mit lauter Stimme in das Hinterzimmer hinein, brauchen wir Arbeitskräfte, Volker? Volker kam nach vorne, schaute seine Frau nachdenklich an, er schaute sie an, wie sie mit ihrem Koffer noch bei der Kasse stand, und sagte, nein, brauchen wir nicht. Dann brauchen wir einen großen Sack mit Kartoffeln, etwas Gemüse, Haltbarmilch und Löskaffee, sagte die Frau. Volker zuckte mit den Achseln und verschwand wieder. Die Frau ging durch die Regale und füllte eine große Plastiktasche, die stellte sie neben dem Koffer ab. Dann ging sie wieder nach hinten und rief, übernimm die Kasse, Volker, ich muß kurz weg. Volker kam nach vorne und setzte sich an die Kasse, die Frau streckte ihm ihre Hand entgegen. Volker schaute sich verwundert um, kramte dann in seiner Hosentasche und händigte der Frau seinen Autoschlüssel aus, sie nahm rechts den Koffer, links die Plastiktasche, trug beides hinaus und verstaute es im Lieferwagen, der stand vor der Tür. Auf der Fahrt sagte die Frau, Kartoffeln, Gemüse, Haltbarmilch und Löskaffee seien kein Problem, sie könne jederzeit kommen und sich so einen Plastiksack abholen, aber mit einem Koffer zwei Kilometer laufen, das gehe doch nicht an.

Die Kartoffeln und das Gemüse liefere Erik einmal in der Woche, ob sie ihm schöne Grüße ausrichten solle, wollte die Frau wissen.

Als sie das oberste Zimmer betrat, sah sie, daß Erik bereits Essen heraufgebracht hatte. Auf ihrer Matratze lag eine Ankündigung für den nächsten Tag: Ich komme am Freitag und sehe nach dem Rechten, nachmittags so gegen siebzehn Uhr, du mußt ja nicht da sein.

Sie war da, als Erik kam und die Kartoffeln herauftrug. Er sagte, es sei lächerlich, er könne doch Kartoffeln und etwas Gemüse erübrigen, was sie denn denke. Die Frau in O. habe ihm die schönen Grüße ausgerichtet. Was ihre Verrücktheit angehe, so habe er nie verstanden, warum sie immer alles anders als andere Leute machen müsse. Alle anderen hätten ein Interesse am Fortkommen, sie nicht. Das sei schon damals so gewesen. Was Bert angehe, so habe er sich oft gefragt, was denn an Bert schon sei. Aber er wisse schon, Männer wie Bert hätten immer Frauen, eine nach der anderen, Frauen seien anscheinend für Männer wie Bert kein Problem. Sie wäre ja nicht die erste und einzige gewesen, vor ihr hätte er, Erik, zwei andere bei Bert miterlebt, die seien eingezogen und hätten da eine Zeitlang die Frau gespielt, Kinder hätten die Vorgängerinnen allerdings nicht gehabt. Wegen der Kinder habe er sich oft Sorgen gemacht, die Mädchen habe er gerne gehabt und sie hätten ihm leid getan. Auch Bert habe er sehr gerne gehabt, aber etwas Besonderes sei an ihm nicht gewesen, das habe er nicht sehen können. Was Männer angehe, seien Frauen eben verrückt, das sei doch so. Er habe gedacht, auch das mit Bert und ihr werde nicht lange gut gehen, und richtig gut sei es ja nicht gegangen, nicht wahr, aber im Unterschied zu den anderen habe sie die Kinder gehabt und sei von weit her gekommen und habe zu Hause etwas zurückgelassen, da habe sie ihm leid getan, so viel Risiko für eine vielleicht kurze Zeit, das habe er eben an ihrer Stelle bedauert. Aber was wisse er schon. Er habe damals nichts gewußt, er wisse jetzt nichts,

nichts habe er jemals verstanden. Er habe gedacht, wenn sie nach so langer Zeit zurückkehre und bei ihm, ausgerechnet bei ihm im Leuchtturm lebe, da werde sie schon etwas von ihm wollen, da werde schon noch etwas werden. Er habe nicht gerade Lust verspürt, den Anfang zu machen, etwas zu sagen oder ein Zeichen zu geben, aber sie habe ihn doch ein paar Mal umarmt, das habe doch etwas gezeigt, es habe für ihn so ausgesehen, als könne da noch etwas werden, nach ihrem Alleinsein. Soweit hätten sie sich ja auch gut miteinander unterhalten können. Nie im Leben sei er auf die Idee gekommen, sie wolle wirklich immer nur allein sein, eine gewisse Zeit, ja, aber doch nicht immer, wer will schon allein sein, also habe er gedacht, irgendwann werde sie schon etwas sagen, ihm ein Zeichen geben. Schließlich sei sie ihm ja dahergekommen, sie sei ihm zugelaufen gewissermaßen, eigentlich müßte sie dann doch wissen, was sie will, habe er gedacht. Und dann sei sie schließlich zusammengebrochen, das sei für ihn das Aus gewesen. Wenn schon eine Frau, dann muß sie gesund sein, habe er gedacht, wenn schon keine Kinder mehr, weil zu spät, dann doch wenigstens eine gesunde Frau. Also habe er sie abgeschrieben, ja, das habe er. Er habe gewußt, daß er da etwas nicht könne und wolle, und also sei es jetzt klar. Wenn sie in seinem Turm leben wolle, so könne sie das seinetwegen, es sei ihm recht, er habe überhaupt nichts gegen sie, aber Frau und Mann könnten sie nicht abgeben. Wir beide sind – ich weiß nicht, was wir sind, ist auch egal, ich mag dich, sagte Erik.

Sie hörte, wie sein Fahrzeug sich entfernte, und trat ans Fenster. Die Wolken waren dichter geworden, über dem Meer ballte sich eine graue, schwere Ladung, der man das Gewicht der Nässe ansah. Ich mag dich, ich mag dich, die ersten Tropfen fielen, sie war wieder neu, wie schon oft in ihrem Leben mußte sie durch das Neue hindurch und heraus, sie öffnete das Fenster. Sie griff nach dem Karton, in den Erik vor Monaten ihr gesammeltes Papier, Texte, Briefe und Karten, geschichtet hatte. Ein Blatt nach dem anderen nahm sie heraus und las es, sie unterschied und legte das Papier in zwei Stapeln zurecht, je nach Inhalt. Die alten Briefe und Berts Karten auf den einen Stapel, ihre späteren Briefe auf den anderen. Wie sehr liebte sie Berts Schriftzug! Sie schaute die Schlingen und Krümmungen der Buchstaben an, hörte den Worten und Sätzen noch einmal zu, den Zungenschlag des Nordens im Ohr. Berts unnachahmliche Art, sie anzusehen, während er sprach. Berts hochgezogene Augenbrauen, sein ewiges Staunen. Berts Neugierde, Fragen über Fragen, seine Lust am Reden, sein Lachen über ihre Sprache, ihr gemeinsames Lachen über die seltsame Vermischung zweier Sprechgewohnheiten. Wie lange war das her, fünfzehn Jahre, siebzehn Jahre? Dann ihre Briefe im Rückblick, das Aufleben der Ereignisse und Gefühlsmuster, ihre Schablonen, schwer und leicht, und Töne, laut, leise, eine Geschichte nur. Die Wirklichkeit lag im Alten und selbst da drehte sie nur noch in Linien des Kugelschreibers auf dem Papier letzte Kreise. Sie kippte die Wirklichkeit, oder das, was sie dafür hielt, aus dem Fenster, das Papier flatterte leicht auf, gleich wurde es aber schwer vom Regen und fiel wie ein Lappen hinab, das eine oder andere Blatt wurde von einer Bö hinausgetragen und landete im Meer, andere fielen auf den Stein, in den Sand. Zuletzt Helgas Briefe, zwei Stück. Waren sie der Wirklichkeit zuzurechnen? Oder waren sie nur erfunden, Teil der Geschichte? Ragten sie aus der Wirklichkeit in die Geschichte hinein, um sie eigentlich erst zu ermöglichen? Sie riß die Briefe in viele kleine Stücke und warf sie hinaus.

Eine Woche lang hockte sie in ihrer Wolke, der Turm, ihr Zimmer dicht umgeben von Regenschwaden und Nebel, Wasser hoch bis zum Hals, alles ein Meer, ein Brei. Sie lag umher und ließ Geschichten herein, oder sie fegte die Treppe, legte das Haus von den Spuren des Alten frei, oder träumte sich hinaus aufs Wasser, sah sich schwimmen und mit letzter Kraft das Ufer erreichen. Das Ufer war kein Inselparadies, kein exotischer Strand mit Palmen und Muscheln, es war auch nicht das Festland dieser Küste, nicht einmal der reizlose, in die Nordsee reichende Landstreifen, das Ufer war kein Boden eigentlich, keine Böschung, die sie hinaufklettern konnte, kein Deich, der ihr Sicherheit gab. Das Ufer war das Ende von Wasser zwar, eine Kante, eine Grenze, aber nichts Festes, auf das sie hätte treten, von wo aus sie sich hätte umsehen können, um einen Weg zu finden. Das Ufer war der Ort, von dem aus sie weiterfliegen mußte. Ein Ort in ihrem Inneren, aufgetaut, warm, weich, ein Ort der Freiheit, und die Freiheit lag nur in ihrer Lust am Flug, in der Zuversicht, den Flug zu unternehmen, um irgendwo anzukommen.

Eines Tages, gegen Mittag, lichteten sich die Wolken, sie schlüpfte in ihre Jacke und ging hinaus, mußte die Jacke bald ablegen und auf den Dünen zurücklassen, es wurde warm. Sie lief die Küste ab und kehrte erst nachts wieder in den Turm zurück. Der Sommer, ich mag dich, beides stellte sich überraschend ein, sie hatte ihr eigenes Abheben gar nicht bemerkt, sie flog bereits und flog nicht, denn ihre Füße berührten den Boden so fest wie schon lange nicht mehr. Der Sommer ist kein Zeitmaß, auch kein Wertmaß, er ist nicht das andere, nicht das Gegenstück. Kein Kontrapunkt, kein Auftakt. Der Sommer ist die Gewißheit des Herzens, das vom Wasser umspülte Ufer in einem selbst.

Sie hörte auf mit dem Sinnen und den Geschichten, sie schnitt den erhabenen Blick über Wasser und Land ab und tauchte ein in das Sommerwetter, das zu Einfachheit herausforderte, beinahe zwang. Sie stimmte sich auf die Gegenwart ein. Trockenheit, Hitze, Baden. Sie schwamm im Meer, das hatte sie nie zuvor getan hier, sie war immer nur gelaufen und gelaufen, nie hatte sie Halt gemacht, um den Strand zum Aufenthaltsort eines Tages zu machen. Nach dem Schwimmen legte sie sich in den Sand und ließ sich von der Sonne trocknen. Sie brachte sich Proviant mit auf den Strand, Karotten, Kartoffelsalat, auch den Löskaffee mit Haltbarmilch nahm sie manchmal mit ans Wasser, so schön war der Blick über die kleinen Sandhügel und das Meer. Alles von hier aus gesehen, von unten betrachtet, diesen Ort wollte sie so lange wie möglich genießen, denn bald würde sie ihn verlassen. Sie saß da und ruhte sich aus, Wärme, Vibrieren, in ihrer Bewegung lag Geschlossenheit, der Turm stand ihr zur Seite. Manchmal kamen Spaziergänger vorbei und wechselten ein paar Worte mit ihr, einmal fand sie einen letzten Papierfetzen und zerrieb ihn zwischen den Fingern.

Erik schüttelte den Kopf, wenn er sie besuchte, er konnte dem Wechsel nicht folgen, er sollte jetzt fröhlich sein und baden gehen, das ging ihm alles zu schnell. Erst nach einigen Wochen gelang es ihr, ihn ins Meer zu bewegen, zum Schwimmen zu überreden. Nichts habe ich verstanden, gar nichts, was weiß ich schon von dir, sagte er zuweilen, man sah ihm an, daß er nach einem Anker suchte. Sie sagte, ich mag dich, aber er horchte nicht auf. Sie sagte, ein paar Wochen noch, vielleicht zwei oder drei, dann reise ich ab. Erik schien nicht zuzuhören, wenn sie ihm wichtige Mitteilungen machte, er war bei ihrem Wechsel, ich kann deinem Wandel nicht folgen, so drückte er sich aus. Dieser neue Lebenswandel, was ist geschehen, wollte er wissen. Wieso das, und warum jenes, und hast du vergessen, wie es einmal war, das war alles, was er denken konnte, er sprach es nicht aus. Die Zeiten haben sich geändert, sagte er eines Tages, und damit sagte er nur, daß er in alten Zeiten steckengeblieben war. Ich fahre zu Freunden in den Harz, die Aussicht auf eine Frau, wer weiß. Sie öffneten eine Flasche Wein zum Abschied, von dem nur sie wußte, daß es ein Abschied war. Sie würde nicht mehr da sein, wenn er zurückkam.

Jetzt, sagt Karla, der ich einiges, lange nicht alles erzählt habe, wird sie folgerichtig wieder bei Erik sein, wo auch sonst. Wo anders sollte sie jetzt leben als bei ihm, und ich schätze diese Geheimnistuerei nicht, sagt Karla. Das ist nicht normal, schreit Karla, wenn man nicht weiß, wo sich die eigene Mutter aufhält, und wenn sie zu ihr gegangen ist, ausgerechnet zu ihr, und wenn sie geblieben ist, ausgerechnet dort, dann verstehe ich gar nichts mehr! Karla ist außer sich, sie hat uns immer verlassen, immer, und nie hat sie etwas von sich preisgegeben, stammelt Karla, ihre Nasenspitze färbt sich weiß, und ich schüttle den Kopf und erzähle wieder ein Stück aus dem Leben unserer Mutter, um etwas anzubieten, etwas zu erklären. Karla läßt sich beruhigen, sie regt sich schnell auf und vergißt schnell, sie ist mit ihrem Leben beschäftigt.

Folgerichtig könnte sie zu ihr gegangen sein, zu Berts erster Frau, Helga, um endlich reinen Tisch zu machen. Sie könnte erkannt haben, daß da gar keine Abneigung, kein Haß ist, nur Verletztheit, vielleicht Mißverständnis. Und also wäre es nicht gerade folgerichtig, aber immerhin möglich, daß sie sich dort, ausgerechnet dort niedergelassen habe, um einige Monate, ein Jahr lang zu bleiben, warum nicht. Vielleicht hat sie dort den Rest der Arbeit in Angriff genommen, vielleicht sitzt sie immer wieder an einem Tisch mit der Frau und ihrem Sohn und sagt alles heraus, was sie denkt.

Wahrscheinlicher ist jedoch, daß sie eine dritte Wahl getroffen hat. Weil alles jetzt wohl kaum bedeutet, ausgetretene Wege zu gehen. Die dritte Wahl könnte an Erik geknüpft sein, ohne daß eingelöst wird, was man allgemein Erwartungen nennt. Die dritte Wahl könnte etwas sein, das mit Erik verbindet, ohne zu binden. Arbeit auf Eriks Hof. Arbeit mit Eriks bewegungsloser Schwester. Ausbau des Leuchtturms, das Errichten einer letzten Wohnung. Irgendwann lädt sie Karla, mich und unsere Kinder ein und serviert Kuchen mit Tee hoch über dem Meer.

Oder sie hat Helga ausgelassen und ist direkt zum Sohn, Lenz, gegangen, um ihn zu fragen. Vielleicht lebt sie jetzt mit ihm, womöglich in einem dritten Land, weil längst klar ist, daß er am Brief seiner Mutter keinen Anteil hatte. Zugegeben, eine solche Möglichkeit ist kaum wahrscheinlich, eigentlich nicht wirklich zu denken.

Nein, es ist einfacher, eigentlich banal, sie lebt wieder da, wo sie ursprünglich herkommt. Hundert Kilometer und eine Grenze, sie will erst Fuß fassen und wird sich dann melden, ihre neue Adresse bekanntgeben. Ihr Leben ist sicher ganz gewöhnlich. Ich gehe weiter, hat sie am Telefon gesagt.

Das Telefongespräch, das wir führten, bevor sie vierzehn Jahre nach Berts Tod verschwand, um in einem Leuchtturm zu leben, war kurz. Ich lag mit Magda, damals noch ein Baby, im Bett, es war früher Morgen. Hannes im Badezimmer, der Rasierapparat summte, er hatte Kaffee aufgestellt, die Filtermaschine hatte aufgehört zu blubbern, der Kaffeeduft breitete sich in der ganzen Wohnung aus. Angenehme Wärme unter der Decke. Erste Sonne, wir haben das Schlafzimmer nach Osten. Das Telefon klingelte, ich stand rasch auf und schloß leise die Schlafzimmertür hinter mir, damit Magda nicht aufwachte.

Ja?

Sie sagte, ich bin heute abend nicht mehr da, ich packe gerade meinen Koffer, die Wohnung habe ich aufgelöst, einiges steht bei Gerda in der Garage, ihr könnt euch nehmen, was euch gefällt, das andere erledigt Gerda.

Ich schnappte nach Luft.

Macht euch keine Sorgen, fügte sie hastig hinzu, es wird mir gut gehen, sehr gut.

Sonst sagte sie nichts, und nach einer Weile, nach ein, zwei Fragen ins Leere, ich konnte sie atmen hören, legte ich den Hörer auf. Ich riß die Badezimmertür auf, Hannes erstaunt, nimm dir frei, rief ich, ich muß schnell weg, ich riß die Schlafzimmertür auf, sprang in die Kleider, Magda mittlerweile erwacht, ihr Strampeln und Greinen, ich die Treppe hinunter, zitternd die Autoschlüssel, Hannes ratlos aus dem Fenster, ich los.

Wenn ihr länger nichts von mir hört, so ist es das beste Zeichen. Sag Karla Bescheid, euch beide werde ich vermissen, sonst nichts. Der kurze Brief lag vor ihrer verschlossenen Wohnungstür, ich ging wieder nach Hause. Hannes konnte nun doch zur Arbeit, er kam nur ein wenig zu spät, ich ging nachdenklich im Flur auf und ab und vergaß, Gerda anzurufen, während sie bei Gerda saß und letzte Anweisungen gab, wie Gerda uns beide, Karla und mich, später beruhigen sollte. Gerda verhinderte, daß wir eine Vermißtenanzeige aufgaben, was Karla selbstverständlich getan hätte, wie üblich war sie außer sich gewesen.

Nach eineinhalb Jahren war sie wieder da, sie wirkte verändert, ohne auffällig anders zu sein. Sie nahm sich eine neue Wohnung und ihr altes Leben wieder auf, sie ging einmal mehr in ihrem Labor zur Arbeit, so wie damals nach Berts Tod. Und ich stellte ihr Fragen und bekam keine Antworten und wußte, eines Tages würde sie reden, und ich würde vielleicht nicht mehr wissen, warum ich sie gefragt hatte.

Schon früher mochte sie Gräber eigentlich, sie hielt sich gerne auf Friedhöfen auf, ging mit einem Buch hin, um auf einer der Sonnenbänke dort in Ruhe zu lesen. Das hatte sie als Mädchen schon getan, Schonzeit nannte sie ihre Ausflüge, als Frau pflegte sie die Gewohnheit weiter, uns Kinder nahm sie zuweilen mit. Nach Gräbern schauten wir von Zeit zu Zeit gerne, sie, Karla und ich, Karla, die etwas älter war, entzifferte dort ihre ersten Schriftzeichen, ich zupfte heimlich Blumen von fremden Gräbern, alle Gräber waren fremd, denn die toten Verwandten waren an anderen Orten zu liegen gekommen, und die Freunde waren alle noch am Leben, sie war noch jung. Friedhöfe waren Studienobjekte, es gab dort allerhand zu entdecken, verschiedene Familiensitten enthüllten sich anhand der Gräber, Geschichten taten sich auf, Fragezeichen bloß, ergründet wurden die Geschichten nie. Friedhöfe waren Gärten, ein wenig geheimnisvoller als die Parks in unserer Stadt waren sie und meist einsamer, seltsam still. Wir durften auf Friedhöfen laut lachen, zwischen den Gräbern herumstreunen, oder mit dem Kies auf den Wegen spielen, während sie auf der Bank saß und ein paar Seiten in ihrem Buch las, dann gingen wir weiter und durch die großen schmiedeeisernen Tore hinaus in die Stadt, wir hatten den Eindruck, dort draußen eine andere, abgelegenere Welt zu betreten. Aber so gerne wir Gräber mochten, die ganze Zeit über pflegten wir das eine Grab nicht, wie es sich gehörte.

Sie ging beinahe täglich auf den Friedhof, meist um die Mittagszeit, lustlos zupfte sie ein wenig an den Pflanzen herum, brachte das eine oder andere in Ordnung, aber bald setzte sie sich auf die Bank und blieb lange sitzen, starrte vor sich hin. Bevor sie wegging, legte sie ihre Hände kurz auf den Grabstein. Später nahm sie Bücher mit auf die Bank und las. Oder sie führte Gespräche mit Bert, keine Zeit, um das Grab zu pflegen, wie es sich gehörte, sagte sie, das Grab soll wuchern, das mag ich, das mag er. Erst Karla hat später begonnen, aus Berts Grab ein richtiges Grab zu machen. Als Karla mit der Zeit immer entschiedener die Grabpflege übernahm, hatte sie nichts dagegen einzuwenden, schön, lobte sie Karla, auch gut, meinte sie, nur einmal hörte ich sie sagen, nimm es nicht zu genau, das paßt nicht zu ihm. Zwanzig Jahre gebe ich dem Grab, war ihr Standpunkt, dann lösen wir es auf, wir stellen den Stein in unseren Garten, da gibt es nichts mehr. Nun sind zwanzig Jahre vergangen, das Grab ist immer noch auf dem Friedhof.

An einem Tag im Februar saß sie auf der Bank, die Mittagssonne wärmte sie ein wenig, aber die Tage waren noch kalt, sie wollte nicht lange dort sitzen, doch konnte sie nicht aufstehen und weggehen, aus einiger Entfernung sah sie, daß ein Mann an Berts Grab stand und sich lange nicht rührte. Er stand und stand, sie hatte längst kalte Füße, sie hätte längst gehen müssen, zur Arbeit oder sonstwohin, sie konnte nicht. Mit kalten Fingern hielt sie das Buch fest und tat, als läse sie, sie schaute über den Buchrand hinaus und beobachtete den Mann, der dastand, sich nur von Zeit zu Zeit die bloßen Hände rieb, die Füße ein wenig bewegte. Er blieb, sie blieb, und als er endlich ging, war der Schatten schon über ihre Bank gefallen, sie folgte dem Mann durch das große schmiedeeiserne Tor hinaus auf die Straße. Der Weg ging am Klinikgelände vorbei, führte hinauf zum kleinen Platz, dort einmal im Kreis, dann die Einkaufsstraße hinunter zur Altstadt, hinein in ein Kaufhaus, wieder hinaus, in einen anderen Laden hinein. Der Mann kaufte nichts ein, er schaute sich um, nahm Waren in die Hand und legte sie weg. Als er in ein Kaffeehaus ging, setzte sie sich zu ihm, beiden war kalt, er war nicht überrascht.

Sie gingen in ihre Wohnung, sie kochten, sie öffnete eine Flasche Rotwein, er legte Musik auf, sie aßen, das schmutzige Geschirr blieb auf dem Tisch stehen, sie legten sich ins Bett. Und als sie am Morgen die Augen öffnete, war der Mann nicht mehr da.

Sie wußte, wer der Mann war und was ihn zu Bert führte, und er wußte, wer sie war und warum sie ihm folgte, warum sie sich zu ihm setzte und ohne viel Worte einen Kaffee bestellte, den Kaffee mit ihm trank, scheinbar grundlos. Sie wußten einiges voneinander, doch das war kein Thema zwischen ihnen, sie taten, als wären sie andere und hüteten die Wahrheit, sie redeten über alles, nur nicht über Vergangenes, sie unterhielten sich gut und unterhielten die Illusion, sie tauchten ab in eine Welt ohne Gräber, ohne Töten und ohne Getötetwerden.

Sie hat mir alles erzählt, auch das Kleinste, scheinbar Unbedeutendste, die einzelnen Bewegungen und Gesten, die Blicke, das Vor und Zurück dieses Abends, der sehr lange wurde, der eine Nacht wurde, die bis zum Morgengrauen dauerte, die eine zweite Rotweinflasche kostete, verkostete und bis zum letzten Tropfen auskostete, die aufwühlte und doch alles ruhig und verschlossen, versperrt hielt, bis die Nacht draußen heller und es plötzlich wattig still wurde in ihrem Kopf, sie in ihrem Schlaf verschwand und ihn alleine ließ, so daß er wohl nicht anders konnte als aufstehen und weggehen, was sollte er ihr auch schon hinterlassen, sie kannten einander kaum. Ihre Körper hatten einander wiedererkannt, für eine kurze Zeit, im Ritt der Körper hatten sie sich gefunden und wieder aufgegeben, nur ein Bündel Wärme blieb übrig. Die Wärme, mit der sie einschlief und in der sie aufwachte, mit der sie zufrieden war, mit der sie wochenlang im Einklang lebte, ohne eine Frage zu stellen. Solange, bis der Brief kam. Helgas Brief, der die Urteile enthielt, auf die sie selbst hätte kommen können, auf die sie nicht gekommen war und die sie jetzt zu ihren eigenen machte, was der einzige Grund war, weshalb sie sich vor ihnen zu schützen hatte, und die Tatsache, daß sie sich vor ihren eigenen Urteilen verkroch, gab dem Geschehen erst die Macht, ihre Wärme zu vernichten.

Helgas Abrechnung betraf nicht den Inzest, diesen erwähnte sie nur beiläufig, der Inzest sei offensichtlich, Lenz habe von ihr immer wie von einer Mutter geredet, er habe, wann immer er von ihr gesprochen habe, eine Mutter aus ihr gemacht. Er habe von ihr nicht Gutes berichtet, er habe über sie nicht schlecht geredet, er habe gar nichts Konkretes über sie gesagt, aber was er gesagt habe, habe offenkundig einer Mutter gegolten, und also habe sie sich des Inzests schuldig gemacht. Sie habe sich zuvorderst darin schuldig gemacht, für Lenz, der seine Mutter hatte, eine Mutter abgeben zu wollen. Lenz, und das war Helgas eigentliche Abrechnung, habe plötzlich alles begriffen, er habe sie zufällig angetroffen, vielleicht habe er sie unbewußt sogar gesucht, und mit einemmal habe er erkannt, wer sie war. Und da er sie dort an dem Grab klar gesehen habe, habe er sie nach sich gezogen, er habe sie mitgerissen und benutzt, so einfach ist das, ausgenutzt habe er sie, indem er die Mutter, die falsche Mutter, zu seiner Geliebten gemacht habe. Indem er sie gebraucht und dann weggelegt habe, habe er endlich gezeigt, was von ihr zu halten war, immer schon, er habe darauf gezeigt, was die falsche Mutter in seinem Leben angerichtet habe, gleich im ersten Moment ihres Auftauchens, mit dem ersten Streicheln über sein Haar. Und jetzt sitze derselbe

Lenz, der zuvor von ihr wie von einer Mutter geredet habe, da im Haus seiner wirklichen Mutter, und was tue er da, er lache, er lache über die alte Haut der falschen Mutter und wie sie sich ereifert habe an jenem Abend, in jener Nacht, und daß er ihre Lächerlichkeit bis an sein Ende nicht vergessen werde. Und daß er hoffe, sie geschlagen zu haben wie sie ihn einmal geschlagen habe, damals. Ja, endlich spreche Lenz darüber, immer schon habe sie, Helga, geahnt, was sich da abgespielt habe in dem Haus, in dem Familie gespielt wurde, nie habe Lenz sich etwas anmerken lassen, nicht damals als Junge und auch später nicht, kein Wort habe er gesagt über die Verhältnisse dort, über die ewigen Streitereien, die Ausbrüche und die Gewaltanwendungen, aber jetzt spreche er davon, jetzt lache er und mache sich damit frei von ihren Schlägen.

Dieses eine hätte niemals geschehen dürfen, damals, und doch hätte sie es nie ungeschehen machen wollen, gerade das nicht, sagte sie. Überhaupt sei ihr Leben ohne einige Schritte, die aus einer bestimmten Warte gesehen besser nie gemacht worden wären, nicht zu denken, und also könne sie mir keinen Grund angeben, warum sie meinen Vater verließ, um mit Bert, ausgerechnet mit Bert, der nicht mehr viel Zeit hatte, zu leben, um am Ende Berts Sohn, ausgerechnet ihm, in die Arme zu laufen. Ohne dieses eine hätte alles andere keinen rechten Sinn und Zusammenhang, es hätte keinen Zug, sie sagte tatsächlich: Zug. Allzuviel Abgestorbenes wäre in der Geschichte, was zur Folge habe, daß sie sich nicht ereignet haben konnte. Die Geschichte lebt ja vom Leben, nicht von den faden Lücken zwischen Leben und Leben, sagte sie. Lenz und meine Liebe – sie sagte tatsächlich: Liebe – zu Lenz enthüllen erst das Muster, die Schablone der Geschichte, immer muß man Muster und Schablone aufdecken und ansehen, den Zug der Ereignisse begreifen.

Lange Zeit habe sie vermutet, die ganze Geschichte habe mit dem Tod zu tun, mit einem Drang, sich nach dem Tod zu drehen, ihn anzuziehen und abzuweisen, ein Versteckspiel, möglicherweise ein Falschspiel zu treiben mit der Gewißheit, einmal sterben zu müssen. Aber der Tod sei nicht wichtig, was man üblicherweise damit verbinde, sei nicht mehr als ein kleinkariertes Modell. Alles drehe sich vielmehr um unser Haften an dem, was wir für selbstverständlich, recht und richtig hielten. Man gehe erst weiter, indem man die Geschichte lösche, nicht aus Abwehr, sondern aus dem Wissen, daß sie nur vorübergehend, nur für eine gewisse Zeit, Berechtigung hatte. Ist die Geschichte gelöscht, so erübrigt sich auch die Frage, warum erzählt wurde, was tatsächlich hätte geschehen können, was aber kaum jemals für wahr zu halten ist.

Die Tage am See gingen schnell vorüber, sie waren nur der Auftakt, der Beginn einer Auseinandersetzung, die anschließend fortgeführt, dem Alltag abgetrotzt wurde. Meine Mutter und ich saßen immer wieder, mehrmals in einer Woche, zusammen, sie erzählte, ich hörte zu, ich stellte Fragen, sie holte aus. Ich erfuhr nicht, wie die Geschichte anfing, bei jedem unserer Gespräche fiel ich wieder mitten in ihr Leben hinein, ohne Vorbereitung, ohne Vorwarnung. Sie ließ mich ihre Schritte mitgehen, sogar selbst gehen, und als sie eines Tages verschwand, nahm ich es als Zeichen, daß es nicht mehr zu wissen gab, daß nicht nur der Anfang, sondern auch der Schluß immer bloß aus den sprichwörtlichen drei Punkten besteht.

www.deuticke.at

Gestaltung: typic®/wolf

Umschlaggestaltung: Studio Hollinger

Umschlagfoto: © Photonica/Hollowood

Druck: Wiener Verlag, Himberg

Printed in Austria

ISBN 3-216-30625-9